古典詩歌研究彙刊

第二七輯

龔鵬程 主編

第 9 冊

重啓的對話：明人選明詩研究
（第三冊）

王曉晴 著

國家圖書館出版品預行編目資料

重啓的對話：明人選明詩研究（第三冊）／王曉晴 著 — 初版
— 新北市：花木蘭文化事業有限公司，2020〔民 109〕
目 6+202 面；17×24 公分
（古典詩歌研究彙刊 第二七輯；第 9 冊）
ISBN 978-986-485-979-5（精裝）
1. 明代詩 2. 詩評
820.91　　109000188

古典詩歌研究彙刊
第二七輯　第 九 冊　　ISBN：978-986-485-979-5

重啓的對話：明人選明詩研究（第三冊）

作　　者　王曉晴
主　　編　龔鵬程
總 編 輯　杜潔祥
副總編輯　楊嘉樂
編　　輯　許郁翎、張雅淋　美術編輯　陳逸婷
出　　版　花木蘭文化事業有限公司
發 行 人　高小娟
聯絡地址　235 新北市中和區中安街七二號十三樓
　　　　　電話：02-2923-1455／傳眞：02-2923-1452
網　　址　http://www.huamulan.tw 信箱 hml 810518@gmail.com
印　　刷　普羅文化出版廣告事業
初　　版　2020 年 3 月
全書字數　466326 字
定　　價　第二七輯共 19 冊（精裝）新台幣 32,000 元

重啓的對話：明人選明詩研究
（第三冊）

王曉晴　著

目次

第一冊

第二冊

第三冊

各章附表目次

第四冊

第八章　結　論

本論題之出發點來自於對明詩的關注，帶有明詩品評慣以依賴著四庫館臣之「偏見」的反省。期望藉由明人選明詩——作爲明人對當代詩歌接受、反省的產物，探究選者編纂詩歌選本此一文化行爲，如何促使他們共同撰寫一部動態明代文學史，確立出明詩之經典範式。

援是，全書以「明人選明詩」爲探討重心，扣除緒論、結論，第二章到第四章，主要圍繞在「明詩選本」。由發展背景、刊刻流布，導入到「選者」自身，包括所以選（動機與目的）、如何選（編選標準、體例）的議題上。在第五章至第七章，進一步聚焦「所錄詩家、詩作」，梳理選者眼中的明詩發展脈絡，以及在這條脈絡底下，詩家地位所以起伏升降（詩家的在場、缺席）、詩歌範式（詩體分析）有以確立之過程。關於各章之研究成果已於結語時說明，此處不擬細分各章再述，將就明人選明詩的選本價值、明代詩歌的價值重省兩部分，進行論題要點之回顧，並對應清人論見，以爲省思。

一、明人選明詩的選本價值

由當代詩選的發展歷程來看，明人選明詩顯然邁向了一個新的巔峰。明人在編選型態上的前有所本，比方參酌唐人選唐詩之體例（以人繫詩、評論移至詩家名下）、延續宋人詩選之類型（依地域、題材、詩體），甚或承襲元代詩選好以「風雅」爲選集名稱等等，確實爲渠等的編纂奠定了基礎，揭示著明代的當代詩選在數量上所以遠高於前朝，能在明人創作、論詩風氣鼎盛，以及刊印技術的推波助瀾下蓬勃開展，並非偶然。但是，不僅僅是數量上的突破，明人選明詩有以創造當代詩選的巔峰，實來自於：

第一、選本質量的追求：建立在對前代詩選的反省、明代詩選的蔚然盛起，明人的選詩態度更顯謹慎。明人對選者詩識的強調，屢屢發出「選詩之難」，尤其表明著他們對選本的編輯已有著一定程度的概念與要求。劉和文《清人選清詩總集研究》曾指出：

> 唐、宋時期詩歌總集的編輯雖具初形，但體例等方面還很不完善；明代詩歌走模仿唐人之道，雖然詩歌總集的編輯數量較前代多，但成就不高，仍處於自發狀態。和明代相比較，清詩總集的編輯開始追求完善，具有自覺性特點。〔註1〕

事實上，唐人對於當代詩選已有著初步的反省，宋代詩選之體例亦達完備，明人承繼前選，進一步強調選者詩識，是他們在前人經驗積累下，對選本質量的更爲關注。是則，選本編輯的自覺性、追求完善，無須晚至清詩總集才開始，明人選明詩對質量的要求，殆已爲清代選者提供了極佳的範式。

第二、選者身份的多樣：明詩選者的身份由中央、地方官吏，乃至布衣山人皆有。倘以詩壇地位來看，選者之列還不乏引領詩壇風氣之盟主、主導詩社之領袖，如楊愼、黃佐、李攀龍、陳子龍、曹學佺等。甚者，選者之中，還兼握有刻印資源者，比方顧起綸家中即有刻書局。這種幾乎是「全民運動」式的編選行列，對於編纂風氣的推進、選本的流通傳布自是不無助益。無形中也暗示著對明人而言，明人選明詩乃是他們熟悉，且慣於運用的，藉以交流文人、宣揚詩觀的主要媒介。

〔註1〕劉和文：《清人選清詩總集研究》（蕪湖：安徽師範大學出版社，2016年），頁28。

第三、選本內涵的豐富：即便多有承繼前選，明人選明詩仍然不無開拓。比方選本體例部分，凡例、詩家名氏、圈點、評騭形式益加詳實，對於更動選錄詩歌文字、猶有未錄詩作將俟爲續集之說明，時或有見，包括詩人小傳下附有諸家評語（如李騰鵬《皇明詩統》），選本中錄有自著詩話（如顧起綸《國雅品》）等等，除了讓選本更顯完備，亦隱約透露出選者對讀者群的考量；而收錄詩家部分，搜羅範圍明顯有所擴大，僧釋、羽士、青衣、閨秀，甚或異族（朝鮮、日籍）詩家均有選本予以選錄。突顯著明詩創作群的龐大，亦也呈現出明人選明詩編選上的多元。

包括，相較前選，明人選明詩多有依詩體分卷者，選者於凡例文字亦時有對詩體分類之說明，充分反映出明人的辨體意識。這種對詩歌體製的深切留意，在當代詩選的發展上，實是明代詩選具有的鮮明特徵，結合著上述三點，無疑地讓明人選明詩成爲了當代詩選發展上的一個亮點，得以登上新的巔峰。

此外，不惟是當代詩選上的發展意義，明人選明詩的價值，係來自於明人之「選」，有以具體反映明人對明詩的眞實看法。然而，時至清代，四庫館臣面對明人選明詩的這些成果，卻似乎有些忽略。《四庫全書總目》總集類（不含存目）所錄明詩選集計有十部。其中，特定人士、題材的選集即佔六部〔註 2〕，所錄詩家大抵集中在萬曆以前，尤其明初〔註 3〕；以研究範圍內的十九部明人選明詩來

〔註 2〕特定人士，如：《廣州四先生詩》收明初廣州黃哲、李德、王佐、趙介四人詩、《三華集》收無錫錢子正，及弟子義、姪仲益合刻詩、《閩中十子詩》收閩中林鴻、陳亮、高棅、王恭、唐泰、鄭定、王偁、王褒、周元、黃元等十人詩、《文氏五家詩》收長洲文氏三世五人——文洪、文徵明、文彭、文嘉、文肇社之詩、《古今禪藻集》所錄爲東晉至萬曆之釋子詩；特定題材，如：馮氏《海岱會集》，收石存禮、藍田、馮裕、劉澄甫、陳經、黃卿、劉淵甫、楊應奎等八人唱和詩。見〔清〕永瑢等撰：《四庫全書總目提要》，收於王雲五主編：《萬有文庫簡編》（上海：商務印書館，1940 年），第 5 冊，總集類 4，卷 189，頁 45、46、50、55、70。

〔註 3〕《廣州四先生》、《閩中十子詩》、《三華集》所錄主爲明初詩家；《海

看，《總目》予以評述者，僅見八部〔註4〕。在明代頗爲流行，討論度甚高的選本，如明代書目存錄次數高達六次以上的兩部選本——楊愼《皇明詩抄》、徐泰《皇明風雅》，竟未在其列，四庫館臣忽略了在明代可能更具影響力的選本，似乎有意淡化明詩選本有以呈現的明詩發展總貌。

倘就《總目》對明人選明詩的論述來看，還可發現，《總目》對《古今詩刪》批評尤烈。明詩部分，舉易代詩家劉基、梁寅爲例，指出兩人在元末創作都不少，「何以數年之內，今古頓殊」，僅有劉基詩歌得以大量入選，逕批《古今詩刪》「此眞門戶之見，入主出奴」〔註5〕。然而，事實上，在《古今詩刪》之前，明人選明詩收錄梁寅詩作數量本就不多〔註6〕，洪武時期的兩部選本——劉仔肩《雅頌正音》、沈巽、顧祿《皇明詩選》更是一首未錄。梁寅詩作的少有入選，既非《古今詩刪》的「獨見」，又何來「門戶之見」？反倒是

岱會集》八名詩家中，一人爲弘治進士，四名爲正德進士，彼此唱和，舉行詩會時間約於嘉靖十四、五年。錄有萬曆以後詩家者，僅《文氏五家詩》——文彭、文嘉、文肇祉，以及《古今禪藻集》。海岱詩社結社時間，參見何宗美：《文人結社與明代文學的演進》（北京：人民出版社，2011年3月），上冊，頁242～243；《古今禪藻集》詩家收錄情況可參郭宜蘭：《《古今禪藻集》研究》（江西：江西師範大學碩士論文，2015年）。另外，四庫館臣對明詩選本所錄萬曆以前詩家的相對留意，恰對應周彥文所云：「我們若以《總目》集部總集類的明代著作爲例來歸納《總目》對於明代文學的看法，很明顯的可以看出《總目》對明代萬曆年以前的文學尚持肯定態度，但對萬曆年以後的明代文學則是十分貶斥。」參見周彥文：〈論提要的客觀性、主觀性與導引性〉，《書目季刊》（2005年），第39卷，第3期，頁34。

〔註4〕《四庫全書總目》總集類可見：劉仔肩《雅頌正音》、沐昂《滄海遺珠》、李攀龍《古今詩刪》、曹學佺《石倉歷代詩選》；總集類存目可見：懷悅《士林詩選》、顧起綸《國雅》、《續國雅》、署名鍾惺、譚元春《明詩歸》。

〔註5〕〔清〕永瑢等撰：《四庫全書總目提要》，第5冊，總集類4，卷189，頁54。

〔註6〕在《古今詩刪》以前，錄有梁寅詩作的明人選明詩，如徐泰《皇明風雅》有3首、楊愼《皇明詩抄》有1首、黃佐、黎民表《明音類選》有3首，數量都不高。

《總目》指出「七子論詩之旨，不外此編」〔註 7〕，在強調《古今詩刪》的門戶之見後，再舉出是選殆為七子論詩之張本，恰恰突顯館臣有意以此為例，證成他們所認定的，明人選明詩確實是「堅持畛域，各尊所聞」〔註 8〕。

總之，縱然明人選明詩有以呈現明代詩歌的榮景，亦不保證可以獲得館臣的認同；那些被明人視為範式的作品，同樣未必能為館臣所接受。那麼，關於明代詩歌的認識，如果只是依賴帶有官方立場的《總目》，「因為它在豐贍的學術陳述下，隱藏的其實是強烈的導引性，而這種提要的撰寫方式和大架構，往往影響後世至深，但卻使人不覺」〔註 9〕，如此一來，自然也就難以真實地瞭解明代詩壇的景況、確實掌握明人對當代詩歌之見，而輕忽了明人選明詩已然彰顯的選本價值。

二、明代詩歌的價值重省

倘若《四庫全書總目》對明代具有影響力的選本有所忽略，品評明人選明詩的態度、立場，亦猶待商榷。那麼，四庫館臣眼中的「明詩」，與明詩選者的想法，難免產生落差。

事實上，明代復古派的影響力極鉅，以明人選明詩歸納出的明詩代表作家，泰半為復古派詩家便可瞭解，明詩的成就，斷無法忽略復古派詩家的貢獻。但是，《總目》對復古派詩家作品的著錄（包括存目）卻是將之縮減，劉敬指出「該派主體作家僅有 15 部作品被著錄，占明人別集著錄數量的 6%。」〔註 10〕即便《總目》著錄李

〔註 7〕〔清〕永瑢等撰：《四庫全書總目提要》，第 5 冊，總集類 4，卷 189，頁 54。

〔註 8〕〔清〕永瑢等撰：《四庫全書總目提要》，第 5 冊，總集類 5，卷 190，頁 85。

〔註 9〕周彥文：〈論提要的客觀性、主觀性與導引性〉，《書目季刊》（2005年），第 39 卷，第 3 期，頁 34。

〔註 10〕何宗美、劉敬：《明代文學還原研究——以《四庫總目》明人別集提要為中心》，頁 291～292。

夢陽《空同集》、何景明《大復集》，徒著眼於摹擬，引爲「門戶紛競之始」。於李夢陽，更謂：「厥後摹擬剽賊，日就窠臼，論者追原本始，歸獄夢陽，其受詬厲亦最深」〔註 11〕，貌似明人對李夢陽批判尤深。實地檢視嘉靖以後的明人選明詩，縱然選者編選標準各異，前七子代表——李夢陽、何景明，每每居於選錄詩數前十名之列，透露明人對於李、何詩歌其實頗爲重視，未曾逕作否定。光由「門戶紛競」看待明代詩壇，似乎有些單一，明代復古思潮殆非支持、反對的截然二分，乃有著更爲複雜的考量〔註 12〕。遑論，「有門戶就有主張，就有爭論，這體現了明代文學家在文學理論方面的高度自覺。而不同的文學觀念的衝突和交融，正是文壇充滿活力的表現。」〔註 13〕又或謝榛，《總目》著錄《四溟集》，於生平強化謝氏與李攀龍的衝突，稱「攀龍輩遂怒相排擠，削其名於七子五子之列」；對其詩但謂：「亦不失爲作者」、詩話論著《詩家直說》直云：「論詩之語則多迂謬」〔註 14〕。然，李攀龍《古今詩刪》選有謝榛詩五十九首，高居選本第四位，排擠之說殆難成立，包括謝榛《詩家直說》對律體創作多有討論，明人選明詩選錄其詩，亦集中於律體表現——五律、七排。可見，即便《總目》予以著錄，就其敘述，仍可能隱沒復古派詩家的創作表現。

甚或與復古派同爲明詩選者眼中的明詩代表，相形之下，《總目》評述口吻亦較爲肯定或持平的詩家，如明初劉基，《總目》著錄《劉伯溫誠意集》，亟稱其詩，有云：「沈鬱頓挫自成一家，足與高啓相

〔註 11〕〔清〕永瑢等撰：《四庫全書總目提要》，第 5 冊，別集類 24，卷 171，頁 81。

〔註 12〕張曉芝即指出：「明人批評復古派一方面是以文學發展需求爲目的，對復古一味摹擬的批判並非全面否定復古運動；另一方面則是個人思想過度發揮，爲博得關注而發出的異響。」何宗美等：《《四庫全書總目》的官學約束與學術缺失》，頁 309～310。

〔註 13〕廖可斌：《明代文學思潮史》，頁 569。

〔註 14〕〔清〕永瑢等撰：《四庫全書總目提要》，第 5 冊，別集類 25，卷 172，頁 117。

抗」〔註 15〕。回觀明人選明詩的選錄情況，劉基詩歌入選量明顯超過高啓，出現在萬曆時期——李攀龍《古今詩刪》、李騰鵬《皇明詩統》。在此之前，劉基入選詩數所以未及高啓，很可能正來自於元季詩作的「沈鬱頓挫」〔註 16〕。弔詭的是，劉基詩歌有以相抗高啓，係體現在那些不爲《總目》重視的萬曆以後的明人選明詩，而明顯提升劉基各體詩歌地位，尤其肯定其元季七律之慷慨悲涼，實爲被《總目》視爲「門戶之見，入主出奴」的《古今詩刪》。是則，除了再次顯出《總目》對《古今詩刪》、萬曆以後選本評價的猶待商榷，亦也表示即便肯定明初詩歌，僅由《總目》的評述，亦未必能眞實反映明初詩家在明代的創作情況。如同唐宋派代表——唐順之〔註 17〕，《總目》對其述作，徒強調於文章，著錄《荊川集》，《總目》曰：「於秦漢之文，不似李夢陽之割剝字句、描摹面貌；於唐宋之文，亦不似茅坤之比擬間架、掉弄機鋒，在有明中葉，屹然爲一大宗。」〔註 18〕確實，在明代，唐順之的文章，相較其詩，似乎聲名更著。但是，明人對於唐順之詩歌有以針砭李、何復古之偏弊，亦未嘗漠視其功。明人選明詩選錄其詩，著眼於律體，由肯定早年翰林時期表現，到留意晚年家居之作，唐順之詩壇地位之確立，乃有其進程。《總目》的未予著墨，實讓唐順之的創作表現無由徹底展現。

衍伸而來，明人選明詩的時有未錄，透露詩家未竟符合選者編選要求，抑或作爲明代詩壇風氣的一種反映。檢視《總目》對這些

〔註 15〕〔清〕永瑢等撰：《四庫全書總目提要》，第 5 冊，別集類 22，卷 169，頁 3。

〔註 16〕參見第五章第二節。

〔註 17〕周彥文曾云：「尤其是和前、後七子以及公安、竟陵派沾上一點關係的，更是全面排斥。除非少數個人的作品，被認定是和這些詩派或文學集團無關的，有時還會有一些較爲持平的評論。此外對於嘉靖三大家，即文學史中所謂的「唐宋派」也有較爲緩和的評語。」參見周彥文：〈論提要的客觀性、主觀性與導引性〉，《書目季刊》（2005 年），第 39 卷，第 3 期，頁 35。

〔註 18〕〔清〕永瑢等撰：《四庫全書總目提要》，第 5 冊，別集類 25，卷 172，頁 102～103。

詩家的評述，難免失之支離。如袁凱，何景明嘗云：「海叟爲國初詩人之冠，人悉無有知之」〔註 19〕。《總目》援何說，以爲：「未免無以位置高啓諸人，故論者不以爲然。」〔註 20〕事實上，嘉靖以後的選本對袁詩多有所選，隱然回應著何景明的標舉袁詩。論者的不以爲然，返歸明代詩壇以觀，與其說是「無以位置高啓諸人」，倒不如說是「人悉無有知之」，如明初選本對袁詩的一首未錄。又或臺閣三楊，四庫館臣對渠等的評價大抵傾向肯定〔註 21〕。顯見者如《總目》著錄楊榮《楊文敏集》，稱：「其他詩文，亦皆雍容平易，肖其爲人。雖無深湛幽渺之思，縱橫馳驟之才，足以震耀一世，而逶迤有度，醇實無疵。」〔註 22〕明・王直（1379～1462）序《文敏集》，確實亦曾盛言楊敏〔註 23〕。唯嘉靖以後的明人選明詩，除曹學佺《石倉歷代詩選》外，錄有楊榮詩者，詩數皆未超過五首。那麼，徒由館臣所謂的「醇實無疵」，實難瞭解明代選者對楊榮詩作的疑慮何在。如同文徵明，《總目》評其詩，以爲「雅飭之中，時饒逸韻」〔註 24〕，而徵明詩明人嘗目之爲「吳歈」〔註 25〕，不惟缺席於嘉靖選本，萬

〔註 19〕〔明〕何景明著；李叔毅等點校，《何大復集》（鄭州：中州古籍出版社，1989 年），頁 595。

〔註 20〕〔清〕永瑢等撰：《四庫全書總目提要》，第 5 冊，別集類 22，卷 169，頁 33。

〔註 21〕何宗美嘗就《總目》對明代臺閣體作家不同傾向的評價描述進行整理，分爲臺閣淵源、臺閣正宗、臺閣羽翼、臺閣別派、臺閣末流五類。其中，三楊屬於臺閣正宗，並指出《總目》對臺閣正宗乃是「予以充分肯定甚至推崇倍至」。相關討論參見何宗美、劉敬：《明代文學還原研究——以《四庫總目》明人別集提要爲中心》，頁 163～181。

〔註 22〕〔清〕永瑢等撰：《四庫全書總目提要》，第 5 冊，別集類 23，卷 170，頁 50。

〔註 23〕王直〈文敏集序〉以爲：「其學博、其理明、其才贍、其氣充，是以其言汪洋弘肆，變化開闔，而自合乎矩度之正，蓋渢渢乎！」〔明〕楊榮：《文敏集》，收於《景印文淵閣四庫全書》（臺北：臺灣商務印書館，1985 年），第 1240 冊，頁 3。

〔註 24〕〔清〕永瑢等撰：《四庫全書總目提要》，第 5 冊，別集類 25，卷 172，頁 98。

〔註 25〕〔明〕李日華著；沈亞公校訂：《六硯齋筆記》，收於《國學珍本文

曆中葉以後，入選詩數更不時落後同爲吳中才子、著作不爲《總目》所錄的唐寅。是則，倘若無由把握明詩語境下的詩家表現，從中建立對詩家的認識，或恐落入只知其一，不知其二的窘境。至若對公安派的強加批判，從對立面思考公安三袁與復古派之間的關係，以爲七子末流「漸成僞體，塗澤字句，鉤棘篇章，萬喙一音，陳因生厭。於是公安三袁，又乘其弊而排詆之。」〔註 26〕忽略了公安派對七子間並非全然的對立，如「袁宏道早年也曾細閱王世貞、汪道昆二家文集」，「及至後期，袁宏道等對復古派的態度愈趨和緩」〔註 27〕。包括視公安派乘弊而起，「致天下耳目於一新，又復靡然而從之」〔註 28〕。由萬曆中葉以後明人選明詩來看，袁宏道詩作縱有所錄，亦往往非選者心中首選。顯然，公安派在明代詩壇實際的流行情況，殆無法由館臣所謂的「靡然而從之」一語帶過。

簡言，如同周積明所云：「《四庫全書總目》的所有價值評價和學術脈絡的清理，都只能是『他們』的價值評價和歷史重構。」〔註 29〕透過《總目》作爲把握明代詩歌的途徑，只能瞭解作爲清代官方立場——四庫館臣眼中的明代詩歌。遑論，相較於《總目》對明詩的貶抑，「清代明詩選本的選者中，貶明詩者不多見」〔註 30〕，顯見明詩成就確實值得留意。尹玲玲就清代明詩選本進行歸納，更指出「清人評價最高者爲明初劉基、高啓及前後七子」〔註 31〕，對照明人選

庫》（上海：中央書店，1936 年），第一集，第 18 種，《六硯齋二筆》，卷 1，頁 25。

〔註 26〕〔清〕永瑢等撰：《四庫全書總目提要》，第 5 冊，別集類存目 6，卷 179，頁 26。

〔註 27〕廖可斌：《復古派與明代文學思潮》（臺北：文津出版社，1994 年），下冊，頁 525。

〔註 28〕〔清〕永瑢等撰：《四庫全書總目提要》，第 5 冊，別集類存目 6，卷 179，頁 26。

〔註 29〕周積明、朱仁天：《《四庫全書總目》：前世與今生》（北京：國家圖書館出版社，2017 年），頁 204。

〔註 30〕尹玲玲：《清人選明詩研究》（蘇州：蘇州大學出版社，2017 年），頁 93。

〔註 31〕尹玲玲：《清人選明詩研究》，頁 98。

明詩中的代表詩家，偏重明初、復古派詩家，亦頗爲相應。足見，明人對當代詩歌的品評，並不只是一種孤芳自賞。是以，返歸明人的視域，瞭解明代詩歌的總貌，作爲明人對當代詩歌的理解、檢證後人對明詩的解讀，儼然有其必須。而明詩的價值若撇開明人對當代詩歌的接受，無疑抽空了明詩所以生成、發展的種種過程，亦只是被架空的「明詩」，顯不出它的意義與價值。

援是，以復古思潮龐大的影響力，明人選明詩無論選詩立場，均能看到復古派詩家的身影，省思明代詩歌之價值，明人之於「復古」，自然是不可迴避的論題。明人對復古派的重視，斷非盲目的追隨，「如果復古派沒有符合時代需要的理論主張，沒有讓時人信服的創作實績，沒有志同道合的領袖及創作主體，也沒有聲勢浩大的作家群，又是如何影響文壇一百餘年甚至更久？」〔註 32〕何況，即如陳國球所云，「明代復古派詩論的終極目的是創作，所有對前代詩歌的討論都是爲了創作而作的準備」〔註 33〕，廖可斌亦稱：「模擬只是手段，不是目的，獨創才是目的。」〔註 34〕是則，倘若檢視明人選明詩所錄詩歌，便會發現，明人復古的意義，乃是爲了成就更好的明詩。比方在明詩選者眼中，有以開創新局，堪爲明詩七律、七絕的代表，李攀龍俱在其列，足見，復古並非明人的目標，辨體只是爲了精準掌握各體創作。如何在前賢的累積成果中，邁步向前，找出明詩的方向，才是明人的眞實冀望。

總言，過往文學史論及明代，大多留意其模擬，對明人的努力求新，似乎猶有未見。蔣寅亦稱：「明詩最讓人不能容忍的實際是摹擬過度以至到了剽竊的程度」〔註 35〕，但是如何界定「摹擬過度」？

〔註 32〕何宗美、劉敬：《明代文學還原研究——以《四庫總目》明人別集提要爲中心》，頁 368～369。

〔註 33〕陳國球：《明代復古派唐詩論研究》（北京：北京大學出版社，2007 年），頁 302。

〔註 34〕廖可斌：《明代文學思潮史》，頁 569。

〔註 35〕蔣寅：〈清初詩壇對明代詩學的反思〉，《文學遺產》（2006 年），第 2

龐大的明詩創作中，過度摹擬，形同剽竊的作品又有多少？檢視明詩選者的品評，確實好以帶有某某時代、詩家之風為譬，如「近唐音」、「似康樂」、「有王維之秀雅」，但並未見有選者直接稱美詩作援引前賢詩句者，表示明人未必認同刻意的摹擬〔註 36〕，援前賢為譬，泰半為了證成詩作的確有突出。那麼，以摹擬掩蓋明人的創作成就，是否稱得上一種「以偏概全」？乃若，以《總目》學術權威之歷史地位，館臣對明詩的論述，所引發的影響力，無形中對明詩本來面目的某種淡化、模糊。今本論題之目的不在於批判，畢竟這些論述，都是對明詩的一種「接受」。

是以，作為一種對話的可能，嘗試以明人選明詩出發，瞭解當時明人眼中的明詩圖像，重省其價值與精神，乃為本論題之目的。即便，明詩選本的範圍實廣，單就十九部選本以為觀察，仍有可能落於片面，徒為一隅之見。撇除了特定取材的選本，亦可能忽略一些明詩發展的訊息。又，根據明人選明詩雖能歸納明人眼中的代表詩家，但如何具體掌握每一詩家之創作表現？在明人選明詩多半只是選詩，未見評語，選者於序跋、凡例亦未必詳加說明編選標準的情況下。包括，選本所錄究竟反映出了哪些明代的詩壇風尚？透過代表詩家，是否就能釐清明詩發展的各種變化？顯然，有待掘發，可供討論的議題猶多。但，衷心期望透過明人選明詩相關論題的思索，仍能提供一些線索，有以「還原」明詩，讓明詩總貌更見清晰，彰顯明詩之時代精神與價值。在明代詩歌的對話間，能夠作為一場「成功的談話」，如同〔德〕伽達默爾（Hans-Georg Gadamer，1900-2002）所云：

期，頁 111。

〔註 36〕即如明代復古派對於刻意摹擬不無認同，但亦未將之視為最終目的。如許學夷即嘗辨析「學古」、「擬古」之別，以擬古為「本以為入門之階，初未可為專業也」。參見〔明〕許學夷著；杜維沫校點：《詩源辯體》（北京：人民文學出版社，1998 年），卷 3，頁 52。另外，關於明代復古派學古可能產生的相關摹擬論題，可參陳英傑：《明代復古派杜詩學研究》（臺北：學生書局，2018 年）。

凡一場成功的談話總給我們留下某些東西，而且在我們心中留下了改變我們的某些東西。因此，談話與友誼並肩而立。只有在談話中（以及就像達成某種默契而相視而笑中）才能互相成爲朋友並造就一種共同性，在這種共同性中，每人對於對方都是同一個人，因爲雙方都找到了對方並且在對方身上找到了自己。〔註37〕

〔註37〕〔德〕伽達默爾著；洪漢鼎譯：《詮釋學II：眞理與方法》（北京：商務印書館，2010年），頁264。

徵引書目

說明：

一、徵引文獻首列作者，次列書名、出版地、出版單位與出版年月。

二、徵引文獻分爲專書、期刊專書論文、學位論文三大部分。

三、專書，分爲古典文獻及現代專書兩部分。

四、古典文獻部分，首置明代詩歌選本，分斷代選本、通代選本兩類；其餘古籍分經、史、子、集四部，集部又分總集、別集、詩文評三類。各部類均以朝代先後爲序。

五、現代專書中屬於對古籍之校訂箋注者，置於古典文獻一類。

六、現代專書、期刊專書論文、學位論文均依作者姓氏筆畫順爲序。同一作者又依出版先後排列。

甲、專　書

一、古典文獻

（一）明代詩歌選本

（1）通代選本

1.〔明〕范士衡：《群英珠玉》，舊鈔本。

2. 〔明〕楊愼著；王仲鏞、王大厚箋注：《絕句衍義箋注》，四川：四川人民出版社，1986 年。

3. 〔明〕李攀龍：《古今詩刪》，明萬曆間（1573～1620）新都汪時元校刊本。

4. 〔明〕舒芬編；舒琛增補；楊淙注：《新刊古今名賢品彙註釋玉堂詩選》，明萬曆七年（1579）金陵書坊富春堂刊本。

5. 〔明〕田藝蘅：《詩女史》，收於《四庫全書存目叢書》，臺南：莊嚴文化出版社，1997 年，第 321 冊。

6. 〔明〕釋正勉、釋性潙：《古今禪藻集》，收於《景印文淵閣四庫全書》，臺北：臺灣商務印書館，1986 年，第 1416 冊。

7. 〔明〕曹學佺：《石倉歷代詩選》，明崇禎 4 年原刊本。

8. 〔明〕曹學佺：《石倉歷代詩選》，收於《景印文淵閣四庫全書》，臺北：臺灣商務印書館，1986 年，第 1387～1394 冊。

（2）斷代選本

a. 唐

1. 〔明〕高棅：《唐詩正聲》，明嘉靖間刻本。

2. 〔明〕高棅：《唐詩品彙》，上海：上海古籍出版社，2012 年。

3. 〔明〕楊愼選輯、焦竑批點、許自昌校：《唐絕增奇》，明萬曆刊本。

4. 〔明〕李攀龍選；袁宏道校：《新刻李袁二先生精選唐詩訓解》，日本田原仁翻刊明萬曆本。

5. 〔明〕胡震亨：《唐音癸籤》，收於《景印文淵閣四庫全書》，臺北：臺灣商務印書館，1986 年，第 1482 冊。

6. 〔明〕唐汝詢：《唐詩解》，收錄於《四庫全書存目叢書》，臺南：莊嚴文化出版社，1997 年，第 369 冊。

b. 元

1. 〔明〕孫原理：《元音》，收於《景印文淵閣四庫全書》，臺北：臺灣商務印書館，1986 年，第 1370 冊。

c. 明

1. 〔明〕劉仔肩：《雅頌正音》，收於《景印文淵閣四庫全書》，臺北：臺灣商務印書館，1986 年，第 1370 冊。

2. 〔明〕沈巽、顧祿：《皇明詩選》，明洪武間（1368～1398）刊本。

3. 〔明〕沐昂：《滄海遺珠》，收於《景印文淵閣四庫全書》，臺北：

臺灣商務印書館，1986 年，第 1372 冊。

4. 〔明〕韓陽：《明西江詩選》，收於《叢書集成．續編》，臺北：新文豐出版公司，1989 年，第 115 冊。
5. 〔明〕懷悅：《士林詩選》，收於《四庫全書存目叢書補編》，濟南：齊魯出版社，2001 年。
6. 〔明〕徐泰：《皇明風雅》，明嘉靖乙酉（1525 年）襄陽知府徐咸刊，癸巳（1533 年）補刊張沂跋文本。
7. 〔明〕楊慎：《皇明詩抄》，嘉靖 37 年（1559 年）陳仕賢刊本。
8. 〔明〕黃佐、黎民表：《明音類選》，明嘉靖戊午（1558 年）潘光統刊本。
9. 〔明〕楊二山：《弘正詩抄》，收於《四庫全書存目叢書》，臺南：莊嚴文化出版社，1997 年，第 301 冊。
10. 〔明〕俞憲：《盛明百家詩》，隆慶間（1567～1572）刊本。
11. 〔明〕俞憲：《盛明百家詩》，收於《四庫全書存目叢書》，臺南：莊嚴文化出版社，1997 年，第 304 冊。
12. 〔明〕顧起綸：《國雅》，明萬曆元年（1573）勾吳顧氏奇字齋刊本。
13. 〔明〕穆文熙：《批點明詩七言律》，明萬曆九年（1581）長洲知縣劉懷恕刊本。
14. 〔明〕盧純學：《明詩正聲》，明萬曆辛卯廣陵江氏刊本。
15. 〔明〕李騰鵬：《皇明詩統》，明萬曆間刊本。
16. 〔明〕徐熥：《晉安風雅》，收於《四庫全書存目叢書》，臺南：莊嚴文化出版社，1997 年，第 345 冊。
17. 〔明〕馮琦：《海岱會集》，收於《景印文淵閣四庫全書》，臺北：臺灣商務印書館，1986 年，第 1377 冊。
18. 〔明〕穆光胤：《明詩正聲》，收於《和刻本漢詩集成》，東京：古典研究會出版，1979 年，第 6 輯。
19. 〔明〕趙彥復：《梁園風雅》，收於《續修四庫全書》，上海：上海古籍出版社，2002 年，第 1680 冊。
20. 〔明〕朱之蕃：《盛明百家詩選》，收於《四庫全書存目叢書》，臺南：莊嚴文化出版社，1997 年，第 331～332 冊。
21. 〔明〕署名陳繼儒：《國朝名公詩選》，明天啓元年（1621 年）書賈童氏刊本。
22. 〔明〕鍾惺、譚元春：《唐詩歸》，明萬曆間（1573～1620）原刊本。
23. 〔明〕署名鍾惺、譚元春：《明詩歸》，收於《四庫全書存目叢書》，臺南：莊嚴文化出版社，1997 年，第 338 冊。
24. 〔明〕華淑：《明詩選》，收於《四庫禁燬書叢刊》，北京：北京出版社，2000 年，第 1 冊。
25. 〔明〕華淑：《明詩選最》，明末武陵華氏刊本。
26. 〔明〕汪先岸編：《休陽詩雋》，明天啓 4 年（1624）休陽汪氏原刊本。
27. 〔明〕陳子龍、李雯、宋徵輿等：《皇明詩選》，明崇禎癸未李雯等會稽刊本。
28. 〔明〕朱隗：《明詩平論二集》，收於《四庫禁燬書叢刊》，北京：北京出版社，2000 年，第 169 冊。
29. 〔明〕錢孺穀、鍾祖述編：《小瀛洲十老社詩》，收於《四庫全書存目叢書補編》，濟南市：齊魯出版社，2001 年，第 36 冊。
30. 〔明〕佚名：《廣州四先生詩》，收於《景印文淵閣四庫全書》，臺北：臺灣商務印書館，1986 年，第 1372 冊。

(二) 經　部

1. 〔漢〕毛亨傳；鄭玄箋；〔唐〕孔穎達等疏：《毛詩注疏及補正》，臺北：世界書局，1981 年。
2. 〔漢〕鄭玄注；〔唐〕孔穎達疏：《禮記正義》，臺北：廣文書局，1971 年。

(三) 史　部

1. 〔漢〕司馬遷：《史記》，收於《景印文淵閣四庫全書》，臺北：臺灣商務印書館，1984 年，第 244 冊。
2. 〔南朝宋〕范曄：《後漢書》，收於《景印文淵閣四庫全書》，臺北：臺灣商務印書館，1984 年，第 252 冊。
3. 〔宋〕陳振孫：《直齋書錄解題》，收於《景印文淵閣四庫全書》，臺北：臺灣商務印書館，1984 年，第 674 冊。
4. 〔明〕王兆雲：《皇明詞林人物考》，見《四庫全書存目叢書》，臺南：莊嚴文化出版社，1996 年，第 112 冊。
5. 〔明〕何喬遠：《名山藏》，明崇禎十三年（1640）福建巡撫沈猶龍等刊本。
6. 〔明〕何喬遠：《閩書》，福建：福建人民出版社，1994 年。
7. 〔明〕吳亮：《萬曆疏鈔》，收於《續修四庫全書》，上海：上海古籍出版社，2002 年，第 468 冊。

8. 〔明〕汪尚寧等纂修：《徽州府志》，收於《中國方志叢書‧華中地方‧安徽省》，臺北：成文書局，1975 年，第 718 號，第 2 冊。

9. 〔明〕周弘祖：《古今書刻》，收於《書目類編》，臺北：成文書局，1978 年，第 88 冊。

10. 〔明〕祈承㸁：《澹生堂藏書約》，收於《叢書集成‧新編》，臺北：新文豐出版公司，1985 年，第 2 冊。

11. 〔明〕唐伯元；梁庚等纂修：《泰和志》，收於《中國方志叢書‧華中地方‧江西省》，臺北：成文書局，1989 年，第 842 號。

12. 〔明〕孫傳能、張萱：《內閣藏書目錄》，收於《叢書集成‧續編》，臺北：新文豐出版公司，1989 年，第 2 冊。

13. 〔明〕徐三畏：《雲間志略》，收於《明代傳記叢刊》，臺北：明文書局，1991 年，第 145 冊。

14. 〔明〕徐圖等撰：《行人司重刻書目》，收於《四部分類叢書集成‧三編》，臺北：藝文印書館，1972 年。

15. 〔明〕郭棐：《粵大記》，收於《域外漢籍珍本文庫》第一輯，重慶：西南師範大學出版社；北京：人民出版社，2008 年，第 8 冊。

16. 〔明〕陳夢蓮編：《眉公府君年譜》，北京：北京圖書館出版社，1999 年。

17. 〔明〕華允誠等編：《華氏傳芳集》，南明錫山華氏刊本。

18. 〔明〕項篤壽：《今獻備遺》，收於《景印文淵閣四庫全書》，臺北：臺灣商務印書館，1985 年，第 453 冊。

19. 〔明〕黃佐：《南雍志》，臺北：偉文圖書出版社有限公司，1976 年。

20. 〔明〕黃佐：《翰林記》，收於《景印文淵閣四庫全書》，臺北：臺灣商務印書館，1984 年，第 596 冊。

21. 〔明〕楊穟編；楊思堯補編：《太師楊文貞公年譜》，收於《北京圖書館藏珍本年譜叢刊》，第 37 冊。

22. 〔明〕楊士奇等：《文淵閣書目》，收於《景印文淵閣四庫全書》，臺北：臺灣商務印書館，1984 年，第 675 冊。

23. 〔明〕董倫等修；解縉等重修；胡廣等復奉敕修：《明實錄》，臺北：中央研究院歷史語言研究所，1968 年，第 13 冊。

24. 〔明〕董斯張：《吳興備志》，臺北：新文豐出版公司，1989 年。

25. 〔明〕歐陽保：《雷州府志》，臺北：漢學研究中心，1990 年。

26. 〔清〕王彬修；徐用儀纂：《海鹽縣志》，收於《中國方志叢書‧華中地方・浙江省》，臺北：成文書局，1975 年，第 207 號。

27. 〔清〕永瑢等撰：《四庫全書總目提要》，收於王雲五主編：《萬有文庫簡編》，上海：商務印書館，1940 年。
28. 〔清〕錢謙益撰；錢陸燦編：《列朝詩集小傳》，上海：上海古籍出版社，2008 年。
29. 〔清〕周亮工：《閩小紀》，收於《叢書集成新編》，臺北：新文豐出版社，1985 年，第 95 冊。
30. 〔清〕范邦甸等撰：《天一閣書目》，上海：上海古籍出版社，2010。
31. 〔清〕張廷玉等：《明史》，臺北：藝文印書館，2010 年。
32. 〔清〕曹秉仁纂：《寧波府志》，收於《中國方志叢書・華中地方浙江省》，臺北：成文書局，1980 年，第 198 號。
33. 〔清〕曹溶《明人小傳》，收錄於《明代傳記資料叢刊》，北京：北京圖書館出版社，2008 年，第一輯。
34. 〔清〕陳兆麟纂；祈德昌修：《開州志》，收於《中國方志叢書・華北地方・河北省》，臺北：成文書局，1976 年，第 515 號。
35. 〔清〕陸心源：《皕百宋樓藏書志》，收於韋力編：《古書題跋叢刊》，北京：學苑出版社，2009 年，第 22 冊。
36. 〔清〕嵇曾筠等監修：《浙江通志》，收於《景印文淵閣四庫全書》，臺北：臺灣商務印書館，1985 年，第 524 冊。
37. 〔清〕斐大中等修；秦緗業等纂：《無錫金匱縣志》，收於《中國方志叢書・華中地方》，臺北：成文書局，1970 年。
38. 〔清〕鄂爾泰等監修：《雲南通志》，收於《景印文淵閣四庫全書》，臺北：臺灣商務印書館，1984 年，第 570 冊。
39. 〔清〕黃虞稷撰；瞿鳳起，潘景鄭整理：《千頃堂書目》，上海：上海古籍出版社，2001 年 7 月。
40. 〔清〕葉德輝：《書林清話》，北京：國家圖書館出版社，2008 年。
41. 〔清〕趙翼：《廿二史箚記》，收於《四部備要》，臺北：臺灣中華書局，1966 年，第 341 冊。
42. 〔清〕龍文彬：《明會要》，臺北：世界書局，1972 年。
43. 〔清〕瞿鏞：《鐵琴銅劍樓藏書目錄》，收於韋力編：《古書題跋叢刊》，北京：學苑出版社，2009 年，第 13 冊。
44. 〔清〕袁嘉穀：《滇繹》，收於《中國西南地理史料叢刊》，成都：巴蜀書社，2014 年。
45. 〔清〕唐鼎元編：《明唐荊川先生年譜》，收於《北京圖書館藏珍本年譜叢刊》，北京：北京圖書館出版社，1999 年，第 47 冊。
46. 王德乾等修；劉樹鑫纂：《南皮縣志》，收於《中國方志叢書》，臺北：成文出版社，1968 年，第 144 冊。
47. 中國古籍善本書目編輯委員會編：《中國古籍善本書目》，上海：上海古籍出版社，1998 年。

（四）子　部

1. 〔唐〕劉肅：《大唐新語》，收於《叢書集成簡編》，臺北：臺灣商務印書館，1966 年，第 139 冊。
2. 〔宋〕周煇：《清波雜志》，收於《景印文淵閣四庫全書》，臺北：臺灣商務印書館，1985 年，第 1039 冊。
3. 〔明〕朱謀垔：《畫史會要》，收於《景印文淵閣四庫全書》，臺北：臺灣商務印書館，1985 年，第 816 冊。
4. 〔明〕朱謀垔：《續書史會要》，收於《景印文淵閣四庫全書》，臺北：臺灣商務印書館，1985 年，第 814 冊。
5. 〔明〕何良俊撰；李劍雄校點：《四友齋叢說》，上海：上海古籍出版社，2012 年。
6. 〔明〕李日華著；沈亞公校訂：《六硯齋筆記》，收於《國學珍本文庫》，上海：中央書店，1936 年，第一集。
7. 〔明〕李詡：《戒庵老人漫筆》，收於《筆記小說大觀》，臺北：新興出版社，1983 年。
8. 〔明〕沈德符：《萬曆野獲編》，收於《筆記小說大觀・十五編》，臺北：新興出版社，1976 年。
9. 〔明〕胡應麟：《少室山房筆叢正集》，收於《景印文淵閣四庫全書》，臺北：臺灣商務印書館，1985 年，第 886 冊。
10. 〔明〕陸容：《菽園雜記》，北京：中華書局出版，1997 年。
11. 〔明〕陸深：《儼山外集》，收於《景印文淵閣四庫全書》，臺北：臺灣商務印書館，1985 年，第 885 冊。
12. 〔明〕華淑：《清睡閣快書》，明萬曆間刊本。
13. 〔明〕華淑：《閒情小品》，明萬曆間刻本。
14. 〔明〕黃佐：《庸言》，收於《續修四庫全書》，上海：上海古籍出版社，2002 年，第 939 冊。
15. 〔明〕薛蕙：《老子集解》，收於《叢書集成・簡編》，臺北：臺灣商務印書館，1965 年，第 34 冊。

16. 〔清〕姜紹書：《韻石齋筆談》，收於《景印文淵閣四庫全書》，臺北：臺灣商務印書館，1985年)，第872冊。
17. 〔清〕孫承澤：《春明夢餘錄》，收於《景印文淵閣四庫全書》(臺北：臺灣商務印書館，1985年)，第868冊。
18. 〔清〕蔡澄：《雞窗叢話》，清光緒間丙戌，新陽趙氏刊峭帆樓叢書本。
19. 〔清〕顧炎武：《日知錄》，收於《景印文淵閣四庫全書》，臺北：臺灣商務印書館，1985年，第858冊。

(五)集　部

(1)總　集

1. 〔南朝陳〕徐陵；〔清〕吳兆宜注；〔清〕程琰刪補；穆克宏點校：《玉臺新詠箋注》，臺北：明文書局，1988年。
2. 〔唐〕元結：《篋中集》，明崇禎元年虞山毛氏汲古閣刊本。
3. 〔宋〕佚名：《詩家鼎臠》，收於《景印文淵閣四庫全書》，臺北：臺灣商務印書館，1986年，第1362冊。
4. 〔宋〕周弼選；〔元〕釋圓至注：《箋註唐賢絕句三體詩法》，收錄於《故宮珍本叢刊》，海口：海南出版社，2001年，第609冊。
5. 〔宋〕楊億編；徐幹校：《西崑酬唱集》，臺北：廣文書局，1982年。
6. 〔宋〕趙蕃、韓淲選；謝枋得注：《註解章泉澗泉二先生選唐詩》，收錄於《宛委別藏》，臺北：臺灣商務印書館，1981年，第109冊。
7. 〔金〕元好問：《中州集》，明末虞山毛氏汲古閣刊本。
8. 〔元〕方回選評；李慶甲集評校點：《瀛奎律髓彙評》，上海：上海古籍出版社，2005年。
9. 〔元〕傅習、孫存吾《皇元風雅》(前、後集)，收於《元史研究資料彙編》，北京：中華書局，2014年，第92冊。
10. 〔元〕楊士弘編選；〔明〕張震輯注、顧璘評點；陶文鵬、魏祖欽整理點校：《唐音評注》，保定：河北大學出版社，2006年。
11. 〔元〕蔣易：《皇元風雅》，收於《續修四庫全書》，上海：上海古籍出版社，2002年，第1622冊。
12. 〔元〕賴良《大雅集》，收於《景印文淵閣四庫全書》，臺北：臺灣商務印書館，1986年，第1369冊。
13. 〔元〕顧瑛：《草堂雅集》，收於《景印文淵閣四庫全書》(臺北：臺灣商務印書館，1986年，第1369冊。

14. 〔明〕程敏政：《明文衡》，收於《景印文淵閣四庫全書》，臺北：臺灣商務印書館，1986 年，第 1374 冊。
15. 〔清〕王士禎：《古詩選》，收於《四部備要》，臺北：中華書局，1967 年，冊 2。
16. 〔清〕朱彝尊：《明詩綜》，臺北：世界書局，1962 年。
17. 〔清〕汪端：《明三十家詩選》，清同治癸酉十月蘊蘭吟館重刊本。
18. 〔清〕沈季友編：《檇李詩繫》，收於《景印文淵閣四庫全書》，臺北：臺灣商務印書館，1986 年，第 1475 冊。
19. 〔清〕沈德潛著；周准編：《明詩別裁集》，上海：上海古籍出版社，1979 年。
20. 〔清〕黃宗羲：《明文海》，收於《景印文淵閣四庫全書》，臺北：臺灣商務印書館，1986 年，第 1456 冊。
21. 〔清〕陳田：《明詩紀事》，上海：上海古籍出版社，1993 年。
22. 中華書局上海編輯所編：《唐人選唐詩（十種）》，上海：中華書局，1960 年。
23. 全明詩編纂委員會編：《全明詩》，上海：上海古籍出版社，1991 年。
24. 傅璇琮：《唐人選唐詩新編》，臺北：文史哲出版社，1999。

（2）別　集

1. 〔唐〕司空圖：《司空表聖文集》，上海：上海古籍出版社，1994 年。
2. 〔唐〕杜甫著；〔清〕楊倫編輯：《杜詩鏡銓》，臺北：華正書局，1979 年。
3. 〔元〕方回：《桐江續集》，收於《景印文淵閣四庫全書》，臺北：臺灣商務印書館，1985 年。
4. 〔元〕趙汸：《東山存稿》，收於《景印文淵閣四庫全書》，臺北：臺灣商務印書館，1985 年，第 1221 冊。
5. 〔明〕文徵明著；周道振輯校：《文徵明集》，上海：上海古籍出版社，2014 年。
6. 〔明〕王世貞：《弇州四部稿》，收於《景印文淵閣四庫全書》，臺北：臺灣商務印書館，1986 年，第 1280 冊。
7. 〔明〕王世貞：《弇州四部稿‧續稿》，收於《景印文淵閣四庫全書》，臺北：臺灣商務印書館，1986 年，第 1283 冊。
8. 〔明〕王世懋：《王奉常集》，收於《四庫全書存目叢書》，臺南：莊嚴文化出版社，1997 年，第 133 冊。

9. 〔明〕王廷陳：《夢澤集》，收於《景印文淵閣四庫全書》，臺北：臺灣商務印書館，1986 年，第 1272 冊。

10. 〔明〕王愼中《遵岩先生文集》，收於《北京圖書館古籍珍本叢刊》，北京：書目文獻出版社，1988 年，第 105 冊。

11. 〔明〕王鏊：《震澤集》，收於《景印文淵閣四庫全書》，臺北：臺灣商務印書館，1985 年，第 1256 冊。

12. 〔明〕艾南英：《艾千子先生全稿》，臺北：偉文圖書公司，1977 年。

13. 〔明〕何景明著；李叔毅等點校，《何大復集》，鄭州：中州古籍出版社，1989 年。

14. 〔明〕宋濂：《文憲集》，收於《景印文淵閣四庫全書》，臺北：臺灣商務印書館，1985 年，第 1223 冊。

15. 〔明〕宋濂著；黃靈庚編輯校點：《宋濂全集》，北京：人民文學出版社，2014 年。

16. 〔明〕李開先：《李中麓閒居集》，清三十六硯居藍格鈔本。

17. 〔明〕李夢陽：《空同集》，收於《景印文淵閣四庫全書》，臺北：臺灣商務印書館，1986 年，第 1262 冊。

18. 〔明〕李攀龍撰；包敬第標校：《滄溟先生集》，上海：上海古籍出版社，1992 年。

19. 〔明〕李攀龍撰；李伯齊點校：《李攀龍集》，山東：齊魯書社，1993 年。

20. 〔明〕林俊：《見素集》，收於《景印文淵閣四庫全書》，臺北：臺灣商務印書館，1986 年，第 1257 冊。

21. 〔明〕林鴻：《鳴盛集》，收於《景印文淵閣四庫全書》，臺北：臺灣商務印書館，1985 年，第 1231 冊。

22. 〔明〕金聖嘆撰；曹方人、周錫山標點：《金聖嘆全集》，南京：江蘇古籍出版社，1985 年。

23. 〔明〕俞安期：《翏翏集》，收於《四庫全書存目叢書》，臺南：莊嚴文化出版社，1997 年，第 143 冊。

24. 〔明〕皇甫汸：《皇甫司勳集》，收於《景印文淵閣四庫全書》，臺北：臺灣商務印書館，1986 年，第 1275 冊。

25. 〔明〕唐寅著；應守岩點校：《六如居士集》，杭州：西泠印社出版社，2012 年。

26. 〔明〕唐寅撰；袁宏道評：《袁中郎先生批評唐伯虎彙集》，明末四美堂刊本。

27. 〔明〕唐順之：《唐荊川先生集》，收於《叢書集成‧續編》，臺北：新文豐出版公司，1989 年，第 144 冊。
28. 〔明〕唐順之：《荊川先生文集》，收於《四部叢刊正編》，臺北：臺灣商務印書館，1979 年，第 76 冊。
29. 〔明〕唐順之著；馬美信、黃毅點校：《唐順之集》，杭州：浙江古籍出版社，2014。
30. 〔明〕浦源：《浦舍人詩集》，收於《錫山先哲叢刊》，南京：鳳凰出版社，2005 年，第 2 冊。
31. 〔明〕徐階：《世經堂集》，收於《四庫全書存目叢書》，臺南：莊嚴文化出版社，1997 年，第 80 冊。
32. 〔明〕殷士儋：《金輿山房稿》，收於《四庫全書存目叢書》，臺南：莊嚴文化出版社，1997 年，第 115 冊。
33. 〔明〕袁中道著；步問影校注：《遊居柿錄》，上海：上海遠東出版社，1996 年。
34. 〔明〕袁中道著；錢伯城標點：《珂雪齋集》，上海：上海古籍出版社，1989 年。
35. 〔明〕袁宏道著；錢伯城箋校：《袁宏道集箋校》，上海：上海古籍出版社，2008 年。
36. 〔明〕袁宗道著；錢伯城標點《白蘇齋類集》，上海：上海古籍出版社，1989 年。
37. 〔明〕袁凱：《海叟集》，收於《景印文淵閣四庫全書》，臺北：臺灣商務印書館，1985 年，第 1233 冊。
38. 〔明〕袁凱著；萬德敬校注：《袁凱集編年校注》，上海：上海古籍出版社，2015 年。
39. 〔明〕高叔嗣：《蘇門集》，收於《景印文淵閣四庫全書》，臺北：臺灣商務印書館，1986 年，第 1273 冊。
40. 〔明〕高啓著；〔清〕金檀輯注；徐澄宇、沈北宗校點：《高青丘集》，上海：上海古籍出版社，1985 年。
41. 〔明〕張弼：《東海張先生文集》，明正德乙亥（1515）華亭張氏刊本。
42. 〔明〕曹學佺：《石倉全集》，臺北：漢學研究中心，1990 年
43. 〔明〕曹學佺著；方寶川執行主編：《曹學佺集》，南京：江蘇古籍出版社，2003 年，第 2 冊。
44. 〔明〕陳子龍著；王英志編纂校點：《陳子龍全集》，北京：人民出版社，2010 年。

45. 〔明〕陳繼儒：《陳眉公集》，收於《續修四庫全書》，上海：上海古籍出版社，2002 年，第 1380 冊。

46. 〔明〕彭輅：《彭比部集》，收於《四庫全書存目叢書》，臺南：莊嚴文化出版社，1997 年，第 116 冊。

47. 〔明〕湯顯祖著；徐朔方箋校：《湯顯祖全集》，北京：北京古籍出版社，1999 年。

48. 〔明〕湯顯祖著；徐朔方箋校：《湯顯祖集全編》，上海：上海古籍出版社，2016 年。

49. 〔明〕黃綰：《石龍集》，明嘉靖間（1522～1566）原刊本。

50. 〔明〕楊士奇：《東里文集》，明正統刻正德十年（1515）沈玹補修本）。

51. 〔明〕楊士奇：《東里集》，收於《景印文淵閣四庫全書》，臺北：臺灣商務印書館，1985 年，第 1238 冊。

52. 〔明〕楊士奇著；劉伯涵、朱海點校：《東里文集》，北京：中華書局，1998 年。

53. 〔明〕楊基：《眉菴集》，收於《景印文淵閣四庫全書》，臺北：臺灣商務印書館，1985 年，第 1230 冊。

54. 〔明〕楊慎：《升庵集》，收於《景印文淵閣四庫全書》，臺北：臺灣商務印書館，1986 年），第 1270 冊。

55. 〔明〕楊慎著；王文才、張錫厚輯：《升庵著述序跋》，昆明：雲南人民出版社，1985 年。

56. 〔明〕楊慎著；王文才、萬光治主編：《楊升庵叢書・升庵遺集》，成都：天地出版社，2002 年。

57. 〔明〕楊溥：《楊文定公詩集》，收於《續修四庫全書》，上海：上海古籍出版社，2002 年，第 1326 冊。

58. 〔明〕楊榮：《文敏集》，收於《景印文淵閣四庫全書》，臺北：臺灣商務印書館，1985 年，第 1240 冊。

59. 〔明〕解縉：《文毅集》，收於《景印文淵閣四庫全書》，臺北：臺灣商務印書館，1986 年，第 1236 冊。

60. 〔明〕劉基著；林家驪點校：《劉基集》，杭州：浙江古籍出版社，1999 年。

61. 〔明〕薛岡：《天爵堂文集》，收於《四庫未收書輯刊》，北京：北京出版社，2000 年，第 6 輯，第 25 冊。

62. 〔明〕薛蕙：《考功集》，收於《景印文淵閣四庫全書》，臺北：臺灣商務印書館，1986 年，第 1272 冊。

63. 〔明〕薛蕙：《西原先生遺書》，收於《四庫全書存目叢書》，臺南：莊嚴文化出版社，1997年，第69冊

64. 〔明〕謝榛；李慶立校箋：《謝榛全集校箋》，南京：江蘇古籍出版社，2003年。

65. 〔明〕謝榛著；朱其鎧等校點：《謝榛全集》，濟南：齊魯書社，2000年。

66. 〔明〕鍾惺著；李生耕、崔重慶標校：《隱秀軒集》，上海：上海古籍出版社，1992年。

67. 〔明〕譚元春著；陳杏珍標校：《譚元春集》，上海：上海古籍出版社，1998年。

68. 〔清〕阮元：《揅經室外集》，收於清代詩文集彙編編纂委員會編：《清代詩文集彙編》，上海：上海古籍出版社，2010年，第477冊。

（3）詩文評

1. 〔南朝齊〕劉勰著；周振甫注：《文心雕龍注釋》，臺北：里仁書局，1994年。

2. 〔宋〕范晞文：《對牀夜語》，收於《筆記小說大觀》，臺北：新興書局，1975年。

3. 〔宋〕楊萬里《誠齋詩話》，收於吳文治主編：《宋詩話全編》，南京：江蘇古籍出版社，1998年，第6冊。

4. 〔宋〕歐陽脩：《六一詩話》，收於《景印文淵閣四庫全書》，臺北：臺灣商務印書館，1986年，第1278冊。

5. 〔宋〕魏慶之；王仲聞點校：《詩人玉屑》，北京：中華書局，2007年。

6. 〔宋〕嚴羽著；張健校箋：《滄浪詩話校箋·詩評》，上海：上海古籍出版社，2012年。

7. 〔元〕楊載：《新刻詩法家數》，收錄於《四庫全書存目叢書》，臺南：莊嚴文化出版社，1997年，第416冊。

8. 〔明〕王世貞：《明詩評》，收於《叢書集成簡編》，臺北：臺灣商務印書館，1965年，第134冊。

9. 〔明〕王世懋：《秇圃擷餘》，收於《景印文淵閣四庫全書》，臺北：臺灣商務印書館，1986年，第1482冊。

10. 〔明〕李東陽著；李慶立校釋：《懷麓堂詩話校釋》，北京：人民文學出版社，2009年。

11. 〔明〕周敘：《詩學梯航》，收於周維德集校：《全明詩話》，濟南：

齊魯書社，2005 年。

12. 〔明〕胡應麟：《詩藪》，臺北：文馨出版社，1973 年。
13. 〔明〕徐師曾：《文體明辨序說》，收於王水照編：《歷代文話》，上海：復旦大學出版社，2007 年，第 2 冊。
14. 〔明〕徐泰：《詩談》，清道光辛卯（11 年）六安晁氏活字印本。
15. 〔明〕袁黃：《游藝塾文規》，收於《續修四庫全書》，上海：上海古籍出版社，2002 年，第 1718 冊。
16. 〔明〕許學夷著；杜維沫校點：《詩源辯體》，北京：人民文學出版社，1998 年。
17. 〔明〕都穆：《南濠詩話》，收於周維德集校：《全明詩話》，濟南：齊魯書社，2005 年。
18. 〔明〕陳懋仁：《藕居士詩話》，收於《四庫全書存目叢書》（臺南：莊嚴文化出版社，1997 年，第 418 冊。
19. 〔明〕楊慎著；王仲鏞箋證：《升庵詩話箋證》，上海：上海古籍出版社，1987 年。
20. 〔明〕趙士喆：《石室談詩》，收於吳文治主編：《明詩話全編》，南京：鳳凰出版社，1997 年，第 10 冊。
21. 〔明〕謝榛著；李慶立、孫慎之箋注：《詩家直說箋注》，山東：齊魯書社，1987 年。
22. 〔明〕謝榛著；宛平校點：《四溟詩話》，北京：人民文學出版社，1998 年。
23. 〔明〕顧起綸：《國雅品》，明萬曆元年（1573）勾吳顧氏奇字齋刊本。
24. 〔清〕王士禎著；張宗柟纂集；戴鴻森校點：《帶經堂詩話》，北京：人民文學出版社，1998 年。
25. 〔清〕田雯：《古歡堂集雜著》，見郭紹虞編選；富壽孫校點：《清詩話續編》，上海：上海古籍出版社，1983 年。
26. 〔清〕朱彝尊著；姚祖恩編；黃君坦校點：《靜志居詩話》，北京：人民文學出版社，1998 年。
27. 丁福保輯：《清詩話》，臺北：藝文印書館，1970 年。
28. 周維德集校：《全明詩話》，濟南：齊魯書社，2005 年。

二、現代專書

1. 卞東波：《南宋詩選與宋代詩學考論》，北京：中華書局，2009 年。

2. 王一川：《修辭論美學：文化語境中的 20 世紀中國文藝》，北京：中國人民大學出版社，2009 年。
3. 王友勝：《唐宋詩史論》，上海：上海古籍出版社，2006 年。
4. 王文才：《楊慎學譜》，上海：上海古籍出版社，1988 年。
5. 王兵：《清人選清詩與清代詩學》，北京：中國社會科學出版社，2011 年。
6. 王紅：《明清文化體制與文學關係研究》，成都：巴蜀書社，2010 年。
7. 王國瓔：《中國文學史新講》，臺北：聯經出版社，2014 年。
8. 王凱旋：《明代科舉制度研究》，瀋陽：萬卷出版公司，2012 年。
9. 王毓銓主編：《中國經濟通史・明代經濟卷》，北京：經濟日報出版社，2000 年。
10. 王運熙、楊明：《魏晉南北朝文學批評史》，上海：上海古籍出版社，1989 年。
11. 王瑤：《王瑤全集》，石家莊：河北教育出版社，2000 年，第 2 卷。
12. 王錫九：《宋代的七言古詩》，天津：天津人民出版社，1993 年。
13. 尹玲玲：《清人選明詩研究》，蘇州：蘇州大學出版社，2017 年。
14. 史偉：《宋元之際士人階層分化與詩學思想研究》，北京：人民文學出版社，2013 年。
15. 史鐵良、陳立人、鄧紹秋撰著；鄧紹基、史鐵良主編：《明代文學研究》，北京：北京出版社，2001 年。
16. 司徒國健：《皇明詩選研究：雲間三子與幾社經世之學》，臺北：文津出版社，2017 年。
17. 左東嶺：《明代文學思想研究》，北京：商務印書館，2013 年。
18. 何宗美：《公安派結社考論》，重慶：重慶出版社，2005 年。
19. 何宗美：《袁宏道詩文繫年考訂》，上海：上海古籍出版社，2007 年。
20. 何宗美：《文人結社與明代文學的演進》，北京：人民出版社，2011 年 3 月。
21. 何宗美、劉敬：《明代文學還原研究——以《四庫總目》明人別集提要爲中心》，北京：人民出版社，2014 年。
22. 何宗美等：《《四庫全書總目》的官學約束與學術缺失》，北京：人民文學出版社，2017 年。
23. 何炳棣著；徐泓譯注：《明清社會史論》，臺北：聯經出版社，2013

年。
24. 何雲波、彭雅靜：《對話：文化視野中的文學》，合肥：安徽文藝出版社，2003 年。
25. 余來明：《嘉靖前期詩壇研究（1522～1550）》，武漢：武漢大學出版社，2009 年。
26. 余嘉錫：《四庫提要辨證》，北京：科學出版社，1958 年。
27. 吳承學：《中國古代文體學研究》，北京：人民出版社，2011 年。
28. 呂玉華：《唐人選唐詩述論》，臺北：文津出版社，2004 年。
29. 呂光華：《今存十種唐人選唐詩考》，永和：花木蘭文化工作坊，2005 年。
30. 宋豪飛：《明清桐城桂林方氏家族及其詩歌研究》，合肥：黃山書社，2012 年。
31. 李小貝：《明代「性靈」詩情觀研究》，北京：中國社會科學出版社，2016 年。
32. 李文琪：《焦竑及其《國史經籍志》》，臺北：花木蘭文化出版社，2007 年。
33. 李伯齊，李斌選注：《李攀龍詩選》，北京：人民文學出版社，2009 年。
34. 李希泌、張椒華：《中國古代藏書與近代圖書館史料（春秋至五四前後）》，北京：中華書局，1982 年。
35. 李建中主編：《中國文學批評史》，武漢：武漢大學出版社，2008 年。
36. 李建軍：《明代雲南沐氏家族研究》，瀋陽：遼寧人民出版社，2002 年。
37. 李珍華、傅璇琮：《河嶽英靈集研究》，北京：新華書店，1992 年。
38. 李致忠：《歷代刻書考述》，四川：巴蜀書社，1990 年。
39. 李新：《陳子龍詩文創作與文學理論研究》，天津：南開大學出版社，2012 年。
40. 李聖華：《初明詩歌研究》，北京：中華書局，2012 年。
41. 杜信孚、杜同書：《全明分省分縣刻書考》，北京：線裝書局，2001 年。
42. 周心慧主編：《明代版刻圖釋》，北京：學苑出版社，1998 年。
43. 周成強：《明清桐城望族詩歌研究》，武漢：武漢大學出版社，2017 年。

44. 周積明、朱仁天：《《四庫全書總目》：前世與今生》，北京：國家圖書館出版社，2017 年。

45. 周薇：《明清淮安詩歌與地方文化關係之研究》，上海：上海三聯書店，2016 年。

46. 季惟尊：《論高啓的七言律詩》，上海：上海社會科學院碩士論文，2009 年。

47. 昌彼得：《版本目錄學論叢》，臺北：學海出版社，1977 年。

48. 邵祖平：《七絕詩論·七絕詩話合編》，北京：華齡出版社，2009 年。

49. 姜亮夫纂定；陶秋英校：《歷代人物年里碑傳綜表》，臺北：文史哲出版社，1985 年。

50. 段景禮：《明代前七子詩曲大家王九思研究》，西安：三秦出版社，2014 年。

51. 胡大雷：《《玉臺新詠》編纂研究》，北京：人民文學出版社，2013 年。

52. 范鳳書：《中國私家藏書史》，鄭州：大象出版社，2001 年。

53. 孫桂平：《唐人選唐詩研究》，北京：中國社會科學出版社，2012 年。

54. 孫康宜：《古典與現代的女性闡釋》，臺北：聯合文學出版社有限公司，1998 年。

55. 孫康宜、宇文所安主編，劉倩等譯：《劍橋中國文學史》，北京：生活、讀書、新知三聯書店，2013 年 6 月。

56. 孫琴安：《中國評點文學史》，上海：新華書店，1999 年。

57. 孫學堂：《明代詩學與唐詩》，濟南：齊魯書社，2012 年。

58. 展龍：《元明之際士大夫政治生態研究》，北京：人民出版社，2013 年。

59. 徐朔方、孫秋克：《明代文學史》，杭州：浙江大學出版社，2006 年。

60. 徐楠：《明成化至正德間蘇州詩人研究》，北京：社會科學文獻出版社，2010 年。

61. 祝尚書：《宋人別集敘錄》，北京：中華書局，1999 年。

62. 祝尚書：《宋人總集敘錄》，北京：中華書局，2004 年。

63. 袁行霈主編：《中國文學史》，臺北：五南圖書出版股份有限公司，2011 年。

64. 袁震宇、劉明今著；王運熙、顧易生主編：《中國文學批評通史．明代卷》，上海：上海古籍出版社，2011 年。
65. 馬漢欽：《明代詩歌總集與選集研究》，哈爾濱：哈爾濱工程大學出版社，2009 年。
66. 宿白：《唐宋時期的雕版印刷》，北京：文物出版社，1999 年。
67. 張立榮：《北宋前期七言律詩研究》，北京：中國社會科學出版社，2014 年。
68. 張伯偉：《中國古代文學批評方法研究》，北京：中華書局，2002 年。
69. 張秀民：《中國印刷史》，上海：上海人民出版社，1989 年。
70. 張高評：《印刷傳媒與宋詩特色——兼論圖書傳播與詩分唐宋》，臺北：里仁書局，2008 年。
71. 張智華：《南宋的詩文選本研究：南宋人所編詩文選本與詩文批評》，北京：北京師範大學出版社，2002 年。
72. 張德建：《明代山人文學研究》，長沙：湖南人民出版社，2005 年。
73. 張璉：《明代中央政府出版與文化政策之研究》，臺北：花木蘭文化出版社，2006 年。
74. 戚福康：《中國古代書坊研究》，北京：商務印書館，2007 年。
75. 畢士奎：《王昌齡詩歌與詩學研究》，南昌：江西人民出版社，2008 年。
76. 章培恒、駱玉明主編：《中國文學史新著》，上海：復旦大學出版社，2011 年。
77. 許建崑：《李攀龍文學研究》，臺北：文史哲出版社，1987 年。
78. 許建崑：《曹學佺與晚明文學史》，臺北：萬卷樓圖書股份有限公司，2014 年。
79. 連文萍：《明代詩話考述》，新北市：花木蘭文化出版社，2015 年。
80. 連文萍：《詩學正蒙：明代詩歌啓蒙教習研究》，臺北：里仁書局，2015 年。
81. 郭萬金：《明代科舉與文學》，北京：商務印書館，2015 年。
82. 陳文新：《中國文學流派意識的發生和發展》，武漢：武漢大學出版社，2007 年。
83. 陳文新：《明代文學與科舉文化生態》，北京：高等教育出版社，2016 年。
84. 陳正宏：《明代詩文研究史》，上海：上海文化出版社，2000 年。

85. 陳尚君：《唐代文學叢考》，北京：中國社會科學出版社，1997 年。
86. 陳英傑：《明代復古派杜詩學研究》，臺北：學生書局，2018 年。
87. 陳書錄：《明代前後七子研究》，江西：江西人民出版社，1994 年。
88. 陳書錄：《明代詩文創作與理論批評的演變》，南京：鳳凰出版社，2013 年。
89. 陳書錄：《明清雅俗文學創作與理論批評》，北京：人民出版社，2013 年。
90. 陳國球：《文學史書寫形態與文化政治》，北京：北京大學出版社，2004 年。
91. 陳國球：《明代復古派唐詩論研究》，北京：北京大學出版社，2007 年。
92. 陳清慧：《明代藩府刻書研究》，北京：國家圖書館出版社，2012 年。
93. 陳斐：《南宋唐詩選本與詩學考論》，鄭州：大象出版社，2013 年。
94. 陳萬益：《晚明小品與明季文人生活》，臺北：大安出版社，1988 年。
95. 陳慶元：《福建文學發展史》，福建：福建教育出版社，1996 年。
96. 陳學霖：《明代人物與傳記》，香港：香港中文大學出版社，1997 年。
97. 陳寶良：《明代儒學生員與地方社會》，北京：中國社會科學出版社，2005 年。
98. 傅璇琮、謝灼華主編：《中國藏書通史》，寧波：寧波出版社，2001 年。
99. 傅璇琮、蔣寅主編；郭英德分卷主編：《中國古代文學通論・明代卷》，瀋陽：遼寧人民出版社，2005 年。
100. 曾守正：《權力、知識與批評史圖像——《四庫全書總目》「詩文評類」的文學思想》，臺北：臺灣學生書局，2008 年。
101. 游國恩等主編：《中國文學史》，北京：人民文學出版社，2002 年。
102. 湯志波：《明永樂至成化間臺閣詩學思想研究》，上海：上海古籍出版社，2016 年。
103. 馮小祿、張歡：《流派論爭：明代文學的生存根基與演化場域》，北京：中國社會科學出版社，2015 年。
104. 黃仁生：《楊維禎與元末明初文學思潮》，上海：東方出版中心，2005 年。

105. 黃卓越：《明永樂至嘉靖初詩文觀研究》，北京：北京師範大學出版社，2001年。
106. 黃卓越：《明中後期文學思想研究》，北京：北京大學出版社，2005年。
107. 黃強：《八股文與明清文學論稿》，上海：上海古籍出版社，2005年。
108. 黃鎮偉：《中國編輯出版史》，蘇州：蘇州大學出版社，2003年。
109. 楊松年：《中國文學評論史編寫問題論析：晚明至盛清詩論之考察》，臺北：文史哲出版社，1988年。
110. 楊松年，《中國文學批評問題研究論集》，臺北：文史哲出版社，1994年。
111. 楊釗：《楊愼研究：以文學爲中心》，成都：巴蜀書社，2010年。
112. 萬曼：《唐集敘錄》，北京：中華書局，1980年。
113. 葉慶炳、邵紅編：《明代文學批評資料彙編》，臺北：成文出版社有限公司，1979年。
114. 葉慶炳：《中國文學史》，臺北：臺灣學生書局，1997年。
115. 葉曄：《明代中央文官制度與文學》，杭州：浙江大學出版社，2011年。
116. 雷磊：《楊愼詩學研究》，北京：中國社會科學出版社，2006年。
117. 廖可斌：《復古派與明代文學思潮》，臺北：文津出版社，1994年。
118. 廖可斌：《明代文學復古運動研究》，北京：商務印書館，2008年。
119. 廖可斌：《明代文學思潮史》，北京：人民文學出版社，2015年。
120. 聞一多：《神話與詩》，臺中：藍燈文化事業股份有限公司，1975年。
121. 趙旭：《謝榛的詩學與其時代》，北京：中國社會科學出版社，2013年。
122. 趙敏俐、吳思敬等主編；左東嶺等著：《中國詩歌通史・明代卷》，北京：人民文學出版社，2012年。
123. 劉大杰：《中國文學發展史》，天津：百花文藝出版社，2007年。
124. 劉大杰：《中國文學發展史》，臺北：華正書局，2011年。
125. 劉和文：《清人選清詩總集研究》，蕪湖：安徽師範大學出版社，2016年。
126. 劉坡：《李夢陽與明代詩壇》，天津：南開大學出版社，2013年。

127. 劉躍進《玉臺新詠研究》，北京：中華書局，2000 年。
128. 蔡英俊：《中國古典詩論中「語言」與「意義」的論題——「意在言外」的用言方式與「含蓄」的美典》，臺北：臺灣學生書局，2001 年。
129. 蔡瑜：《高棅詩學研究》，臺北：國立臺灣大學出版委員會，1990 年。
130. 蔡瑜：《唐詩學探索》，臺北：里仁書局，1998 年。
131. 蔡鎮楚：《中國詩話史》，長沙：湖南文藝出版社，1988 年。
132. 蔣寅：《古典詩學的現代詮釋》，北京：中華書局，2009 年 4 月。
133. 蔣鵬舉：《復古與求眞：李攀龍研究》，北京：中國社會科學出版社，2008 年。
134. 鄭利華：《王世貞年譜》，上海：復旦大學出版社，1993 年。
135. 鄭利華：《前後七子研究》，上海：上海古籍出版社，2015 年。
136. 鄭家治、李詠梅：《明清巴蜀詩學研究》，成都，巴蜀書社，2008 年。
137. 鄭振鐸：《西諦書話》，北京：生活・讀書・新知三聯書店，2005 年。
138. 鄭振鐸：《插圖本中國文學史》，上海：上海人民出版社，2005 年。
139. 鄭婷尹：《明代中古詩歌批評析論》，臺北：文史哲出版社，2013 年。
140. 鄭禮炬：《明代洪武至正德年間的翰林院與文學》，北京：中國社會科學出版社，2011 年。
141. 鄭禮炬：《明代福建文學結聚與文化研究》，北京：人民文學出版社，2015 年。
142. 魯迅：《魯迅全集》，北京：人民文學出版社，1991 年。
143. 盧燕新：《唐人編選詩文總集研究》，北京：中國人民大學出版社，2014 年。
144. 蕭東發：《中國圖書出版印刷史論》，北京：北京大學出版社，2001 年。
145. 錢仲聯主編：《歷代別集序跋綜錄》，南京：江蘇教育出版社，2005 年。
146. 錢存訓：《中國紙和印刷文化史》，桂林：廣西師範大學出版社，2004 年。
147. 錢茂偉：《國家、科舉與社會——以明代爲中心的考察》，北京：北京圖書館出版社，2004。

148. 錢基博：《明代文學》，臺北：臺灣商務印書館，1999 年。
149. 繆咏禾：《明代出版史稿》，南京：江蘇人民出版社，2000 年。
150. 謝明陽：《雲間詩派的詩學發展與流衍》，臺北：大安出版社，2010 年。
151. 韓梅：《明清山左即墨地區望族文化與詩歌研究》，北京：中國社會科學出版社，2016 年。
152. 簡錦松：《明代文學批評研究》，臺北：臺灣學生書局，1989 年。
153. 顏智英：《《昭明文選》與《玉臺新詠》之比較研究》，永和：花木蘭出版社，2008 年。
154. 羅時進：《文學社會學——明清詩文研究的問題與視角》，北京：中華書局，2017 年。
155. 譚正璧編：《中國文學家大辭典》，上海：上海書店，1985 年。
156. 蘆宇苗：《江蘇明代作家詩論研究》，南京：南京大學出版社，2010 年。
157. 龔篤清：《明代八股文史探》，長沙：湖南人民出版社，2005 年。
158. 龔鵬程：《中國文學史》，臺北：里仁書局，2010 年。
159. 酈波：《王世貞文學研究》，北京：中華書局，2011 年。
160. 中國社會科學院文學研究所編：《中國文學史》，北京：知識產權出版社，2010 年。
161. 朱光潛全集編輯委員會編：《朱光潛全集》，合肥市：安徽教育社出版社，1993 年。
162. 國立中央圖書館編：《明人傳記資料索引》，臺北：文史哲出版社，1978 年。
163. 〔日〕大木康著；周保雄譯：《明末江南的出版文化》，上海：上海古籍出版社，2014 年。
164. 〔日〕吉川幸次郎著；鄭清茂譯：《元明詩概說》，臺北：聯經出版事業股份有限公司，2012 年。
165. 〔美〕田安（Anna M.Shields）等著；馬強才譯：《締造選本：《花間集》的文學語境與詩學實踐》，南京：江蘇人民出版社，2015 年。
166. 〔美〕宇文所安（Stephen Owen）著；賈晉華、錢彥譯：《晚唐：九世紀中葉的中國詩歌：827～860》，北京：生活・讀書・新知三聯書局，2014 年 3 月。
167. 〔美〕艾爾曼（Elman,B.）著；復旦大學文史研究院譯：《經學・科舉・文化史：艾爾曼自選集》，北京：中華書局，2010 年。

168. 〔美〕周紹明（Joseph P. Mcdermott）著；何朝暉譯：《書籍的社會史：中華帝國晚期的書籍與士人文化》，北京：北京大學出版社，2009 年。

169. 〔美〕梅維恒（Victor Henry Mair）主編；馬小悟等譯：《哥倫比亞中國文學史》，北京：新星出版社，2016 年。

170. 〔德〕姚斯（Hans Robert Jauss）、霍拉勃（Robert C. Holub）著；周寧、金元浦譯：《接受美學與接受理論》，瀋陽：遼寧人民出版社，1987 年。

171. 〔德〕伽達默爾（Hans-Georg Gadamer）著；洪漢鼎譯：《詮釋學 II：眞理與方法》，北京：商務印書館，2010 年。

乙、期刊專書論文

一、期刊論文

1. 王友勝：〈宋編宋詩總集類型論〉，《贛南師範學院學報》（2015 年），第 1 期。

2. 王運熙：〈高仲武《中興間氣集》述評〉，《學術研究》（1990 年），第 4 期。

3. 王鴻泰：〈迷路的詩——明代士人的習詩情緣與人生選擇〉，《中央研究院近代史研究所集刊》（2005 年 12 月），第 50 期。

4. 司馬周：〈金陵來取賢良士，嶺表諸賢盡選掄——洪武薦舉制度與詩文研究（上）〉，《雲夢學刊》（2002 年 9 月），第 23 卷，第 5 期。

5. 朱偉東：〈《石倉十二代詩選》全帙探考〉，《中國典籍與文化》（2000 年），第 1 期。

6. 吳道良：〈陸容《菽園雜記》的史料價值〉，《南都學壇》（人文社會科學學報）（2003 年 5 月），第 23 卷，第 3 期。

7. 呂立漢：〈劉基詩文繫年質疑〉，《溫州師範學院學報》（哲學社會科學版）（2000 年 10 月），第 21 卷，第 5 期。

8. 呂立漢：〈論劉基詩歌的歷史地位及其影響——兼論劉基、高啓詩歌成就之高低〉，《麗水學院學報》（2011 年 2 月），第 33 卷，第 1 期。

9. 李正明、錢建狀：〈「宋人選宋詩」與宋詩體派〉，《佳木斯大學社會科學學報》（2009 年 12 月），第 27 卷，第 6 期。

10. 李斌：〈陳眉公著述僞目考〉，《學術交流》（2005 年 5 月），第 134 期。

11. 李琳：〈明初謫滇詩人平顯考論〉，《江漢論壇》（2008 年），第 11 期。
12. 李超：〈論沐氏家族與明初謫滇詩人關係〉，《昆明學院學報》（2016 年），第 5 期。
13. 李慶立：〈謝榛生卒年代考辨〉，《文學遺產》（1996 年），第 6 期。
14. 李慶立：〈謝榛詩作考述〉，《聊城師範學院學報》（哲學社會科學版）（1992 年），第 4 期。
15. 李樹軍〈略論李攀龍《古今詩刪》對樂府與古詩的選錄與區別〉，《樂山師範學院學報》（2011 年），第 26 卷，第 1 期。
16. 周彥文：〈論提要的客觀性、主觀性與導引性〉，《書目季刊》（2005 年），第 39 卷，第 3 期。
17. 岳進：〈性靈與格調對抗視域下的明代詩選——以《古今詩刪》、《詩歸》爲中心〉，《北方論叢》（2012 年），第 3 期。
18. 岳進：〈明代唐詩選本與「唐人七律第一」之爭〉，《北方論叢》（2013 年），第 3 期。
19. 岳進：〈明人「七絕壓卷」之爭與唐詩史的建構〉，《求索》（2017 年），第 5 期。
20. 施子愉：〈唐代科舉制度與五言詩的關係〉，《東方雜誌》（1944 年），第 40 卷，第 8 期。
21. 侯丹：〈論《列朝詩集》的編纂始末及其託意微旨〉，《西安建築科技大學學報》（社會科學版）（2015 年），第 34 卷，第 2 期。
22. 洪濤：〈以情爲本：理欲糾纏中的離合與困境——晚明文學主情思潮的情感邏輯與思想症狀〉，《南京大學學報》（2009 年），第 4 期。
23. 唐朝暉、歐陽光：〈江西文人群與明初詩文格局〉，《學術研究》（2005 年），第 4 期。
24. 唐朝暉：〈簡談元代詩歌總集與詩歌流變〉，《文學》（甘肅社會科學）（2012 年），第 4 期。
25. 孫秋克：〈滄海遺珠考〉，《昆明學院學報》（2010 年），第 2 期。
26. 孫琴安：〈唐代七律詩的幾個派別〉，《上海社會科學院學術季刊》（1988 年），第 2 期。
27. 張日郡：〈試論《古今詩刪》、《詩歸》中陶淵明詩之編選意識〉，《語文與國際研究》（2016 年），第 16 期。
28. 張如安、傅璇琮：〈日藏稀見漢籍《中興禪林風月集》及其文獻價值〉，《文獻》（2004 年），第 4 期。

29. 張清河：〈論《明詩歸》的僞書價值〉，《貴州師範大學學報》（社會科學版）（2011 年），第 3 期。
30. 陳正宏：〈明詩總集述要〉，《古典文學知識》（1997 年），第 1 期。
31. 陳岸峰：〈《唐詩別裁集》與《古今詩刪》中「唐詩選」的比較研究——論沈德潛對李攀龍詩學理念的傳承與批判〉，《漢學研究》（2001 年），第 19 卷，第 2 期。
32. 陳清慧：〈《古今書刻》版本考〉，《文獻》（2007 年 10 月），第 4 期。
33. 陳聖爭：〈梁有譽籍貫家世生平考〉，《中國文學研究》（2014 年），第 2 期。
34. 陳廣宏：〈中晚明女性詩歌總集編刊宗旨及選錄標準的文化解讀〉，《中國典籍與文化》（2007 年），第 1 期。
35. 陳廣宏：〈晉安詩派：萬曆間福州文人群體對本地域文學的自覺建構〉，《中國文學研究》（2008 年），第 12 輯。
36. 陳寶良：〈明代文人辨析〉，《漢學研究》（2001 年 6 月），第 19 卷，第 1 期。
37. 傅璇琮、盧燕新：〈《續詩苑英華》考論〉，《文學遺產》（2008 年），第 3 期。
38. 景獻力：〈李攀龍《古今詩刪》刪詩標準與理論主張的偏離〉，《福州大學學報》（哲學社會科學版）（2006 年），第 4 期。
39. 華國榮等：〈南京將軍山明代沐昂夫婦合葬墓及 M6 發掘簡報〉，《東南文化》（2013 年 4 月），第 2 期。
40. 黃嘉欣：〈《古今詩刪》「唐詩選」與《唐詩別裁集》之五言古詩選比較〉，《思維集》（2017 年），第 20 期。
41. 楊松年：〈李攀龍及其「古今詩刪」研究〉，《中外文學》（1981 年），第 9 卷，第 9 期。
42. 楊松年：〈詩選的詩論價值——文學評論研究的另一個方向〉，《中外文學》（1981 年），第 10 卷，第 5 期。
43. 楊松年，〈文學選集的評論價值與史料價值〉，《文訊》（1987 年 6 月），第 30 期。
44. 楊雋：〈楊基生卒年考辨〉，《四川師範學院學報》（哲學社會科學版）（1990 年），第 2 期。
45. 解國旺：〈論李攀龍《古今詩刪》的詩學取向〉，《天中學刊》（2007 年 2 月），第 1 期。
46. 廖虹虹：〈明代閩中詩歌傳統的建構方式及其他〉，《南陽師範學院學報》（社會科學版）（2011 年，11 月），第 10 卷，第 11 期。

47. 趙偉：〈楊士奇與明初臺閣體述評〉，《北京教育學院學報》（2017年12月），第31卷，第6期。
48. 蔡瑜：〈《唐音》析論〉，《漢學研究》（1994年12月），第12卷，第2期。
49. 蔣寅：〈起承轉合：機械結構論的消長——兼論八股文法與詩學的關係〉，《文學遺產》（1998年），第3期。
50. 蔣寅：〈科舉陰影中的明清文學生態〉，《文學遺產》（2004年），第1期。
51. 蔣寅：〈清初詩壇對明代詩學的反思〉，《文學遺產》（2006年），第2期。
52. 蔣寅：〈家數・名家・大家——有關古代詩歌品第的一個考察〉，《東華漢學》（2012年），第15期。
53. 鄭玉堂：〈曹學佺和他的煌煌巨著《石倉十二代詩選》〉，《福建師大福清分校學報》（1999年），第4期。
54. 鄭利華，〈王世貞與明代七子派詩學的協調與變向〉，《文學遺產》（2016年11月），第6期。
55. 鄭禮炬：〈李東陽詩歌創作的宗宋轉向〉，《鹽城師範學院學報》（人文社會科學版）（2008年8月），第28卷，第4期。
56. 戰立忠：〈《國朝名公詩選》對「性靈」與「學問」的折中〉，《太原師範學院學報》（社會科學版）（2018年），第17卷，第5期。
57. 駱禮剛：〈王昌齡二題〉，《唐代文學研究》（2006年），第11輯。
58. 謝明陽：〈明詩正宗譜系的建構——雲間三子詩學論析〉，《文與哲》（2008年），第13期。

二、專書論文

1. 方憲：〈近十年國內關於科舉與文學的研究綜述〉，收於陳文新、余來明主編：《科舉文獻整理與研究：第八屆科舉制與科舉學國際學術研討會論文集》，武漢：武漢大學出版社，2013年。
2. 呂立漢：〈劉基詩歌的表現手法和風格特徵——劉基詩歌藝術研究之一〉，收於廖可斌主編：《2006明代文學論集》（2007年），杭州：浙江大學出版社，2007年。
3. 吳格：〈《明人文集篇目索引數據庫》編製芻議〉，收於中國明代研究學會主編：《明人文集與明代研究》，臺北：中國明代研究學會，2001年。
4. 周啓榮著；楊凱茜譯：〈爲功名寫作：晚明的科舉考試、出版印刷與思想變遷〉，收於張聰、姚平主編：《當代西方漢學研究集萃・思想文化史卷》，上海：上海古籍出版社，2012 年。

5. 陳正宏、朱邦薇：〈明詩總集編刊史略——明代篇（上）〉，復旦大學中文系編：《中西學術》，上海：學林出版社，1995 年 6 月。
6. 陳正宏、朱邦薇：〈明詩總集編刊史略——明代篇（下）〉，復旦大學中文系編：《中西學術》，上海：復旦大學出版社，1996 年 11 月。
7. 陳平原：〈八股與明清古文〉，陳平原、王守常、汪暉主編：《學人》，南京：江蘇文藝出版社，1995 年，第七輯。
8. 陳寶良：〈明人文集之學政史料及其價值〉，收於中國明代研究學會主編：《明人文集與明代研究》，臺北：中國明代研究學會，2001 年。
9. 黎曉蓮：〈近百年以來八股文研究綜述〉，收於陳文新、余來明主編：《科舉文獻整理與研究：第八屆科舉制與科舉學國際學術研討會論文集》，武漢：武漢大學出版社，2013 年。
10. 羅海燕：〈契丹人石抹宜孫與元末浙東文壇〉，收於高人雄主編：《遼金元文學研究論叢》，北京：中國社會科學出版社，2014 年。
11. 〔日〕興膳宏著；董如龍、駱玉明譯：〈《玉臺新詠》成書考〉，收於復旦大學中國語言文學系古典文學教研室等編：《中國古典文學叢考》，上海：復旦大學出版社，1985 年。
12. 〔加〕白潤德（Daniel Bryant）：〈復古與審美——略談何景明詩中的審美意識〉，收於淡江大學中國文學研究所主編，《文學與美學》，臺北：文史哲出版社，1998 年，第 6 集。
13. 〔美〕余寶琳（Pauline Yu）：〈詩歌的定位——早期中國文學的選集與經典〉，收於樂黛雲、陳珏編選《北美中國古典文學研究名家十年文選》，南京：江蘇人民出版社，1996 年 5 月。

丙、學位論文

1. 王文泰：《明代人編選明代詩歌總集研究》，上海：復旦大學博士論文，2005 年。
2. 王鐿容：《知識生產與文化傳播：新論楊慎》，臺北：國立中央大學中文所博士論文，2014 年。
3. 吉廣輿：《宋初九僧詩研究》，高雄：國立高雄師範大學國文研究所博士論文，2001 年。
4. 吳永忠：《皇明詩選研究》，江西：江西師範大學碩士論文，2007 年。

5. 李程：《朱彝尊《明詩綜》研究》，湖北：華中師範大學博士論文，2014 年。
6. 李新：《陳子龍詩文創作與文學思想》，天津：南開大學博士論文，2009 年。
7. 周子翼：《北宋七言絕句研究》，南京：南京師範大學博士論文，2006 年。
8. 周彥文：《千頃堂書目研究》，臺北：東吳大學中國文學研究所博士論文，1985 年。
9. 徐衛：《徐泰《皇明風雅》及其詩學理論研究》，上海：上海師範大學碩士論文，2012 年。
10. 高明：《陳繼儒研究：歷史與文獻》，上海：復旦大學博士論文，2008 年。
11. 張冰：《盛明百家詩》，北京：北京語言大學碩士論文，2007 年。
12. 張亭立：《陳子龍研究》，上海：華東師範大學碩士論文，2007 年。
13. 張蕾：《玉臺新詠論稿》，河北：河北大學博士論文，2004 年。
14. 郭宜蘭：《《古今禪藻集》研究》，江西：江西師範大學碩士論文，2015 年。
15. 許逢仁：《《四庫全書總目》中的明代臺閣體派述評研究》，臺北：政治大學碩士論文，2015 年。
16. 陳英傑：《宋元明詩學發展中的「盛唐」觀念析論》，臺北：國立政治大學中國文學研究所博士論文，2012 年。
17. 陳超：《曹學佺研究》，福建：福建師範大學博士論文，2007 年。
18. 曾令愉：《四庫全書總目「公論」視野下的明代詩文》，臺北：政治大學碩士論文，2016 年。
19. 劉俊偉：《王鏊研究》，浙江：浙江大學博士論文，2011 年。
20. 蔡智力：《審視、批判與重構：《四庫全書總目》文人觀研究》，臺北：輔仁大學博士論文，2018 年。
21. 蔡瑜：《宋代唐詩學》，臺北：國立臺灣大學中國文學研究所博士論文，1990 年。
22. 戴小珏：《陸容《菽園雜記》研究》，上海：華東師範大學碩士學位論文，2010 年。
23. 簡錦松：《李何詩論研究》，臺北：國立臺灣大學中國文學所碩士論文，1980 年。

附錄一　編纂者分析簡表

說明

一、《國朝名公詩選》、《明詩歸》因有託名之虞，未列入表格。

二、若因選者生卒事蹟難以查考，爲求審愼，將以「？」標註。

三、科第、官職主要就選者編纂選本期間所任爲計。

四、詩名乃依十九部明詩選本是否曾經選錄其詩爲據，數字係爲入選次數。

五、交遊考量點在於觀察選者參與之詩歌交際圈，因此主要依選者是否曾經參與過詩社爲計〔註1〕。若無由查考詩社活動，交遊對象與選詩相關者，則附於下方註。

〔註1〕選者詩社參與，依何宗美《文人結社與明代文學的演進》所考詩社爲計，並主要以選本編纂時間相近者爲錄。

	選本	編選者	籍貫	科第	官職	詩名	交遊	備註〔註2〕
1	雅頌正音	劉仔肩（洪武）	鄱陽（江西）	薦舉	？	◎11	？〔註3〕	
2	皇明詩選	沈巽（洪武）	吳興（浙江）	？	？	X	？〔註4〕	精于繪事〔註5〕
		顧祿（洪武）	華亭（南直隸）	太學生	太常典簿	◎10	？〔註6〕	工書、畫《經進集》
3	滄海遺珠	沐昂（1379～1445）	定遠（南直隸）	X	雲南左都督	◎1	？〔註7〕	《素軒集》
4	士林詩選	懷悅（景泰）	嘉興（浙江）	X	納粟入官	◎1	園亭詩酒會〔註8〕	《鐵松集》

〔註2〕如附選家著作以詩歌相關作品，如詩話、詩文集爲主。

〔註3〕〔清〕錢謙益《列朝詩集小傳・劉仔肩》嘗載：「陶安守饒州，薦汝弼文行，應召至京師。」又，《雅頌正音》亦錄有陶安〈贈劉汝弼赴京〉一詩，可知兩人有所往來。〔清〕錢謙益撰；錢陸燦編：《列朝詩集小傳》（上海：上海古籍出版社，2008年），上冊，甲集，頁106。

〔註4〕〔明〕董斯張：《吳興備志》提及沈巽，有云：「精于繪事，嘗爲曹孔章作水晶宮圖贈貝瓊。」又，《皇明詩選》亦載有曹孔章、貝翔（貝瓊子）序，並錄有曹孔章、貝瓊父子三人詩，彼此交遊關係由是可見。〔明〕董斯張：《吳興備志》（臺北：新文豐出版公司，1989年），卷25，頁591。

〔註5〕〔明〕董斯張：《吳興備志》（臺北：新文豐出版公司，1989年），卷25，頁591。

〔註6〕顧祿作有〈送段克昌進士赴臨洮知縣〉一詩，《皇明詩選》亦錄有段嗣宗（字克昌）詩一首。

〔註7〕李超嘗指出：「明代沐氏家族世代鎮守雲南，尤其沐英及其子沐春、沐晟、沐昂等，爲明初雲南的文教事業發展奠定了基礎。」並進一步就《滄海遺珠》所錄謫滇詩家與沐氏家族的往來進行考察。其中，如平顯、逯昶、范宗暉、周昉、曾烜等人均與沐昂有所交遊。參見李超：〈論沐氏家族與明初謫滇詩人關係〉，《昆明學院學報》（2016年），第5期，頁97～101。

〔註8〕〔清〕朱彝尊《靜志居詩話》：「用和輯士林詩，黃徵君俞邰言有十卷，予購之五十年始得之，止上下二卷而已。詩家大率吳、越之產，所常唱和者，其居在相湖之南，曰柳莊，亦曰柳溪，故自號柳溪小隱，又號相湖漁隱。……園亭詩酒之會，極一時之盛，而允言有送用和納粟之京作，又有『冠帶從容新帝澤』之句。則知當日以納粟入官，蓋富而好事者，濮樂閒之流也。」〔清〕朱彝尊著；姚祖恩編；黃君坦校點：《靜志居詩話》（北京：人民文學出版社，1998年），上冊，卷8，頁205～206。

5	皇明風雅	徐泰(約1469～？)〔註9〕	海鹽（浙江）	舉人	光澤令	X	小瀛洲十老社〔註10〕	《玉池稿》《詩談》
6	皇明詩抄	楊慎（1488～1559）	新都（四川）	狀元	雲南永昌衛	◎11	江陽詩會〔註11〕	著作之富〔註12〕
7	明音類選	黃佐（1490～1566）	香山（廣東）	進士	家居〔註13〕	◎8	粵山詩社	《泰泉集》

〔註9〕據徐咸（徐泰弟）〈小瀛洲社會圖記〉：「嘉靖壬寅（1542）四月之望，予舉社會於小瀛洲之時，……徐氏名泰七十四」，可推算徐泰約生於成化5年（1469）。又《浙江通志》載有徐泰「卒年九十餘」，則可知卒年約爲嘉靖37年（1558）左右。參見徐咸：〈小瀛洲社會圖記〉，見〔明〕錢孺穀、鍾祖述編：《小瀛洲十老社詩》，收於《四庫全書存目叢書補編》（濟南市：齊魯出版社，2001年），第36冊，頁385～386；〔清〕嵇曾筠等監修：《浙江通志》，收於《景印文淵閣四庫全書》（臺北：臺灣商務印書館，1984年），第524冊，卷179，頁21。

〔註10〕徐泰與其弟徐咸同爲小瀛洲十老詩社成員。小瀛洲乃嘉靖五年（1526）徐咸致仕後，返歸海鹽所築園城閣名，徐咸招同邑文人爲社會，爲之飲酒賦詩。依《海鹽縣志》所述：「在會者多高年耆宿，風流文雅爲一時之盛。」由〔明〕錢孺穀、鍾祖述編：《小瀛洲十老社詩》六卷，卷首並附十人小傳，可概見當時唱和酬答景況。見〔清〕王彬修；徐用儀纂：《海鹽縣志》，收於《中國方志叢書·華中地方·浙江省》（臺北：成文書局，1975年），第207號，卷15，頁1463。

〔註11〕楊慎早年與同鄉士子成立麗澤會，謫戍雲南後，往來川滇，與當地文士、官員多有唱和交流。楊釗即指出：「楊慎居瀘時，與蜀中諸君子章懋、曹嶼、熊南沙、張佳胤、趙貞吉等人相善，結爲詩社，行吟山水，捧觴暢飲，吟詩歌詠，生活較爲瀟灑，是爲『江陽詩會』，它是爲楊慎晚年的重要人生階段。所結詩社史載有三，一是曹嶼的『汐社』，二是張峨南的『青蓮社』，三是張佳胤的『紫房詩會』。」參見何宗美：《文人結社與明代文學的演進》（北京：人民出版社，2011年），上冊，頁166；楊釗：《楊慎研究：以文學爲中心》（成都：巴蜀書社，2010年），頁448～449。

〔註12〕《明史》稱：「明世記誦之博，著作之富，推慎爲第一。」〔清〕張廷玉等：《明史》（臺北：藝文印書館，2010年，清乾隆武英殿原刊本），第4冊，列傳第80，卷192，頁2063。據王文才統計明、清以來楊慎書目，共269種，若不計存亡、眞僞，又可達300餘目，足見其著述之碩。參見王文才：《楊慎學譜》（上海：上海古籍出版社，1988年），頁184。

〔註13〕黃佐於嘉靖初，嘗授翰林編修職，後歷任提學僉事、南京國子祭酒、少詹事等職。嘉靖26年（1547），因與大學士夏言（1482～1548）

		黎民表（1515～1581）	從化（廣東）	舉人	X	◎ 10	南園後五子詩社〔註 14〕	《瑤石山人稿》
8	古今詩刪	李攀龍（1514～1570）	歷城（山東）	進士	家居〔註 15〕	◎ 10	後七子派詩社〔註 16〕	《滄溟集》
9	國雅續國雅	顧起綸（1517～1587）	無錫（南直隸）	太學生	鬱林州同知	◎ 1	？〔註 17〕	《勾漏集》《昆明集》

論河套事不合，又逢訾議覬覦吏部左侍郎職，遂賜歸。依嘉靖 37 年（1558），黃佐〈明音類選序〉所云：「予講學於粵洲，諸用弦誦詠詩，各選已往遺音，無慮數百家，廊廟山林，鉅公畸士見存者，方將輕漢魏以追風雅，則不與焉，然所見人人殊，門人黎子民表，乃更訂定。」（卷首，頁 1）可知，《明音類選》殆爲黃佐致仕後，返歸家居講學時所輯。

〔註 14〕何宗美指出：「諸人之師黃佐自然也是詩社活動的參與者。」唯表格所錄係以與選本編纂時間相近者爲錄，故黃佐於南園後五子詩社之活動參與謹附於此。另外，南園後五子詩社在李時行、梁有譽中進士後中斷，隨著兩人罷官、告病後，詩社又續，何宗美另名「南園後五子續社」；萬曆七年（1579），黎民表致仕，於邑中文友又行結社。表格爲求簡潔，但以南園後五子詩社爲錄。相關內容參見何宗美：《文人結社與明代文學的演進》（北京：人民出版社，2011 年），上冊，頁 244、257～258。

〔註 15〕李攀龍曾先後任刑部廣東主事，歷員外郎、山西司郎中、順德知府、陝西按察副使等職。據蔣鵬舉所考，《古今詩刪》編纂時間當爲李攀龍嘉靖 38 年（1559）辭去陝西按察副使，返歸家居時所作。相關討論參見蔣鵬舉：《李攀龍研究》（陝西：陝西師範大學博士論文，2005 年），頁 86。

〔註 16〕早先，李攀龍亦嘗參與吳維嶽、李先芳在京師的結社活動。參見何宗美：《文人結社與明代文學的演進》（北京：人民出版社，2011 年），上冊，頁 254。

〔註 17〕王世貞〈同知鬱林州事封文林郎大理寺右評事九華顧公墓誌銘〉有云：「其在滇與故楊太史愼皇甫司勳汸相倡酧。」見〔明〕王世貞：《弇州四部稿．續稿》，收於《景印文淵閣四庫全書》（臺北：臺灣商務印書館，1986 年），第 1283 冊，卷 113，頁 595。又，顧起綸《國雅》前有皇甫汸所爲序，姚咨〈國雅後序〉亦嘗提及顧起綸邂逅楊愼，兩人「傾蓋交歡，說詩詮文」（卷末，頁 1）事，可知顧氏與兩人確有交情，尤其與楊愼之間，可能還有過詩歌意見上的討論。

10	明詩正聲	盧純學（隆慶）	通州（南直隸）	山人	X	X	？〔註18〕	
11	皇明詩統	李騰鵬（1535～1594）	南皮（北直隸）	舉人	潞安推官	◎ 2	築亭小隱延賓觴咏〔註19〕	善草書、丹青《墨鳴集》《蛩鳴集》
12	明詩正聲	穆光胤（萬曆）	東明（北直隸）	太學生	中書舍人〔註20〕	◎ 1	？	
13	明詩選 明詩選最	華淑（1589～1597）	無錫（南直隸）	生員	X	◎ 2	涯臻詩社	
14	石倉歷代	曹學佺（1574～1646）	侯官（福建）	進士	家居〔註21〕	◎ 3	石君社〔註22〕	《石倉詩文集》

〔註18〕由盧純學〈明詩正聲序〉：「乙酉（1585）之秋，姑熟倪生長卿致予白下，與二三友人結社爲文字交。……顧予不穀非知詩者，幸二三同社生則深于詩，相與校讐，汰去二三。……是編也，倪子元（倪伯鰲，倪光胤父）肇其端，江季章昆仲竟其業，實藉二三友人之力，于不穀何有？」（卷首，頁1～6）可知，盧純學嘗結社，且社友可能還實際參與過《明詩正聲》的考訂。依序言所指，社友當爲倪光胤（字長卿）、江一魚（字孟化）、江一鵬（字羽翀）、江一夔（字季章）等人。另外，車大任（1544～1627）〈盧子明詩序〉有「頃余在金陵，與子明談藝朝夕」語，可知兩人亦有往來。車大任〈盧子明詩序〉，見〔清〕黃宗羲：《明文海》，收於《景印文淵閣四庫全書》（臺北：臺灣商務印書館，1986年），第1456冊，卷268，頁116。

〔註19〕〔明〕王嘉言（嘉靖進士）〈李公騰鵬墓誌銘〉：「於禮部試凡七上，卒不第。因辟地治圃，築亭其間，名曰小隱。延賓而觴咏之，陶然甚適也。」見王德乾等修；劉樹鑫纂：《南皮縣志》，收於《中國方志叢書》（臺北：成文出版社，1968年），第144冊，頁1577。

〔註20〕穆光胤，官中書。資料出處主要參考盧純學《明詩正聲》詩人名氏、清‧黃虞稷《千頃堂書目》。唯以穆光胤生平資料有限，無由判定編纂《明詩正聲》時是否仍任此職，謹附此以誌。

〔註21〕曹學佺嘗先後任有户部主事，歷南京添注大理左寺正、南京户部郎中、四川右參政、按察使等職。唯編纂明詩選本，作有〈明興詩選序〉，所繫爲崇禎3年（1630）。按曹孟善（學佺子）〈明殉節榮祿大夫太子太保禮部尚書雁澤先府君行述〉所云：「崇禎初，復起粵西參政藩，遂稱疾乞休。」可知，編纂選本之時，當爲曹學佺家居石倉

	詩選							〔註23〕
15	皇明詩選	陳子龍（1608～1647）	華亭（南直隸）	進士	紹興司理	◎ 1	幾社〔註24〕	《白雲草》 《湘眞閣稿》 《安雅堂稿》〔註25〕
		李雯（1607～1647）	華亭（南直隸）	生員	X	◎ 1	幾社	《蓼齋集》
		宋徵輿（1618～1667）	華亭（南直隸）	生員	X	◎ 1	幾社	《林屋詩稿》 《林屋文稿》

園時期。曹孟善，〈明殉節榮祿大夫太子太保禮部尚書雁澤先府君行述〉，見〔明〕曹學佺著；方寶川執行主編：《曹學佺集》（南京：江蘇古籍出版社，2003年），第2冊，頁20。

〔註22〕又參與屠本畯閩中社、烏石山大會、瑤華社、王亮閩中社、清涼臺詩會、曹學佺金陵社、閩中社等，參見何宗美：《文人結社與明代文學的演進》（北京：人民出版社，2011年），上冊，頁344、353、355、457。另外，陳超嘗歸納曹學佺結社一覽表，計有芝社、霞中社、石倉社、紅江社等十餘社。參見陳超：《曹學佺研究》（福建：福建師範大學博士論文，2007年），頁178～179。

〔註23〕曹學佺著作多有散佚，許建崑指出「根據《中國古籍善本書目》著錄，大陸現存的曹學佺詩文集不含選集，有共有十種。」相關內容參見許建崑：〈晚明閩中詩學文獻的勘誤、搜佚與重建—以曹學佺生平、著作考述爲例〉，收於氏著：《曹學佺與晚明文學史》（臺北：萬卷樓圖書股份有限公司，2014年），頁35～48。

〔註24〕另參與復社同年會、九子社等，參見何宗美：《文人結社與明代文學的演進》（北京：人民出版社，2011年），上冊，頁435、438。

〔註25〕著作甚富，今人輯有《陳子龍全集》。參見〔明〕陳子龍著；王英志編纂校點：《陳子龍全集》（北京：人民出版社，2010年）。

附錄二　選本體例一覽表

	書目	編選者	序、題辭	跋、識	凡例	目錄	詩人名氏（小傳）	評點	備　註
1	雅頌正音	劉仔肩	宋濂	X	X	X	X	X	1.詩人字、籍貫附於卷內名下 2.依人繫詩，不分詩體 3.收入己作 4.收錄在世詩家
2	皇明詩選	沈巽 顧祿	1.曹孔章 2.貝翔	沈巽	X	X	O	X	1.詩人以字稱，附名、籍貫與官職 2.依詩體分卷 3.同一卷中，一詩家作品或分置不同頁 EX.卷 5，童冀；卷 6，張羽

									4.同一體裁，一詩家作品或分置不同卷 EX.張羽五古，分入卷 1、卷 5； 顧祿五古，分入卷 2、卷 4 5.收入己作—顧祿 6.收錄在世詩家
3	滄海遺珠	沐昂	楊士奇	X	X	O	X	X	1.詩人字、籍貫、號附於卷內名下 2.依人繫詩，不分詩體 3.目錄載有詩題、詩家 4.未收己作 5.收錄在世詩家
4	士林詩選	懷悅	1.呂原 2.柯潛	無名姓（應爲丘吉）	X	X	X	X	1.詩人字號、籍貫附於卷內名下 2.依詩體分卷 3.收入己作 4.收錄在世詩家
5	皇明風雅	徐泰	徐泰	1.徐咸 2.張沂	O	X	O	X	1.詩人字、籍貫與官職附於名下 2.依詩體分卷 3.未收己作 4.收錄在世詩家
6	皇明詩抄	楊慎	陳仕賢	程旦	X	O	X	X	1.詩人多以字稱，部分稱名，不附號、籍貫 2.依人繫詩，不分詩體 3.目錄載有詩題、詩家 4.顧祿、顧謹中分爲二人

									5.未收己作 6.不收存世詩家
7	明音類選	黃佐 黎民表	黃佐	X	X	O	O	X	1.詩人字、籍貫、官職、諡號附於名下 2.依詩體分卷 3.目錄載有各卷詩體、詩數 4.詩人名氏分國初至洪武末、永樂至成化、弘治至嘉靖，並計詩人數 5.卷四詹同、詹天麗分爲兩人 6.同一卷中，一詩家作品或分置不同頁 EX.卷 8，袁凱 7.未收己作 8.不收存世詩家
8	古今詩刪	李攀龍	王世貞	X	X	O	X	X	1.詩人名下不附詩人字號、籍貫 2.依詩體分卷 3.目錄載有各卷詩體、詩家及詩歌數，並依年代計各詩體所收詩家、詩歌總數 4 未收己作 5.收錄在世詩家
9	國雅	顧起綸	1.皇甫汸 2.張佳胤	1.姚咨 2.顧祖源 3.顧起綸	O	X	X	X	1.詩人以官職稱，名、字號、籍貫、官職、作品、稱號附於卷內 2.依人繫詩，不分詩體 3.未收己作 4.收錄在世詩家

10	續國雅	顧起綸	顧起綸	X	X	O	X	X	1.詩人以官職稱，名、字號、籍貫、官職附於卷內。部分稱名或字者，係因資料未詳故稱之 2.目錄載有各卷所收詩家，分國初迄洪武末、永樂迄天順、成化迄正德、嘉靖迄萬曆，並計各期詩家數 3.依人繫詩，不分詩體 4 未收己作 5.收錄在世詩家
11	明詩正聲	盧純學	1.陳文燭 2.盧純學	江一夔	O	O	O	X	1.詩人字、籍貫、官職、諡號附於名下 2.依詩體分卷 3.目錄載各卷詩體、詩家及其詩數 4.詩人名氏分爲洪武、永樂、宣德、正統、天順、成化、弘治、正德、嘉靖隆慶、萬曆、閨秀、妓女、羽士、釋、青衣。部分收錄詩家未列入詩人名氏目錄 5.未收己作 6.收錄在世詩家
12	（皇明）詩統	李騰鵬	李騰鵬	X	X	O	X	O	1.詩人字號、籍貫、官職、集評等附於名下，以爲小傳（卷內） 2.依人繫詩，不分詩體（體裁次序準諸唐音） 3.目錄載有各卷所收詩家 4.卷四十至四十二，分天横、閨秀、羽人、衲子類爲收

									5.附尾評 6.收入己作 7.收錄在世詩家
13	明詩正聲	穆光胤	1.穆光胤 2.商周祚	1.商周禝 2.瀨尾維賢	X	O	O		X	1.詩人字號、籍貫、官職、封謚、著作、活動時期（洪永至隆萬）附於名下 2.依詩體分卷 3.目錄分總目與各卷目錄。總目載有各卷詩體，計有總詩數 1162 首；各卷目錄載有所收詩人及詩數，並總計各卷、各詩體所收詩人數、詩數 4.七言律詩目錄有誤。計有三卷，然實爲四卷，卷十、卷十三所收詩家亦與目錄不符 5.未收己作 6.不收存世詩家
14	明詩選（盛明百家詩選）	華淑	1.華淑 2.李維禎 3.鄒迪光 4.陳繼儒	X	O	O	O		O	1.詩人字號、籍貫、官職、封謚附於名下 2.依詩體分卷 3.詩人姓氏分爲洪武、永樂、宣德、正統、天順、成化、弘治、正德、嘉靖隆慶、萬曆、釋子、閨秀 4.目錄載有各卷詩體、詩家、詩題，唯與卷內所載略有差異 5.詩歌附有圈點 6.未收己作 7.收錄在世詩家

15	明詩選最	華淑	陳繼儒	X	X	O	X	O	1.詩人字號、籍貫、官職、封謚附於卷內名下 2.依詩體分卷 3.目錄載有各卷詩體、詩家及詩數 4.詩歌附有圈點 5.未收己作 6.收錄在世詩家
16	國朝名公詩選	署名 陳繼儒	1.錢協和 2.陳元素	X	X	O	X	O	1.詩人字、籍貫、官職、作品、集評等附於卷內名下 2.依詩體分卷 3.目錄分於各卷首，載有收錄詩體、詩家、詩題 4.附題下評、夾批、尾評 5.同一卷中，一詩家作品或分置不同頁 Ex.如卷 12，文徵明 6.未收陳繼儒作 7.收錄在世詩家
17	石倉歷代詩選（明詩初集、次集）	曹學佺	曹學佺	X	X	O	X	X	1.詩人以字稱，大抵各卷收一家詩，卷首標有作品集名，且部分錄有序跋、小引、小傳。另有卷內附收其他詩家者，則卷中稱名不稱字，名下標有字、籍貫、封號、作品等，若卷首已見小傳，則不另

									說明〔註 1〕 2.以人繫詩，不分詩體 3.目錄載有各卷所收詩家 4.未收己作
18	皇明詩選	陳子龍 李雯 宋徵輿	1.陳子龍 2.李雯 3.宋徵輿	X	O	O	X	O	1.詩人字、籍貫、官職、稱號、作品附於卷內名下 2.依詩體分卷 3.目錄載有各卷詩體、詩家及詩數 4.詩歌附有詩人評、圈點、尾評 5.未收己作 6.不收存世詩家
19	明詩歸	署名 鍾惺 譚元春	王汝南	X	X	O	X	O	1.詩人字附於卷內名下 2.以人繫詩，不分詩體 3.目錄載有各卷所收詩家、詩題 4.附題下評、夾批、尾評 5.卷十分釋氏、羽士、閨秀爲收 6.收有鍾惺、譚元春作

〔註 1〕如卷一陶主敬，卷首標《知新集》，前有〈陶學士先生文集序〉；卷九蘇平仲，卷首標《古今詩》，前有〈蘇平仲集小引〉，附汪朝宗詩，卷內則以汪廣洋詩稱，並於下標注「字朝宗，高郵人，封忠勤伯」；卷二十一高廷禮，卷首標《木天集》，前有〈高棅傳〉，附詩者除林伯璟未見標注，其餘以名稱詩。至於附詩者有小傳者，如卷十八王安中附唐泰，卷前已有唐泰傳，則卷內則不再標注。

附錄三　明人選明詩之名家詩作收錄一覽

說明：

一、本表明詩名家係由本文研究範疇十九部明詩選本所歸納。

二、本表欄位以作家姓名為首，次為詩體、詩名與選本名稱。詩作入選者，加註「○」之符號。選本排序係依編纂時間先後，下方數字則為詩人詩作入選總數。

三、因各選本收錄詩體不一，本表詩體排序大抵依五言古詩、七言古詩、五言律詩、五言排律、七言律詩、七言排律、五言絕句、七言絕句為先後，間入四言、六言、雜言。若有選本誤入詩人詩作，則附於表末。

四、詩人作品或有詩名相同，內容有別；或選本所入詩名有別，內容實同者，均以括號「(　)」為註。前者於括號內標出詩歌首句二字，後者則於括號內補入不同選本所錄詩名。

一、劉　基

詩體	詩　歌	雅頌正音	皇明詩選（沈）	皇明風雅	皇明詩抄	明音類選	古今詩刪	（續）國雅	明詩正聲（盧）	皇明詩統	明詩正聲（穆）	明詩選（華）	明詩選最	國朝名公	石倉	皇明詩選（陳）	明詩歸
		3	4	41	10	50	27	13	37（32）	70	8	15	15	4	60	9	6
四古	艾如張														○		
五古	豔歌行			○													
五古	明齋詩爲胡廣陳進士賦			○													
五古	送馬生遊京師			○													
五古	正月廿三得台州黃元徽書有感			○													
五古	旅興（倦鳥）			○		○				○		○	○			○	
五古	旅興（大火）			○													
五古	旅興（寒燈）			○		○				○							
五古	旅興（少北）			○													
五古	晨詣祥符寺				○	○				○		○	○		○		
五古	晚同方舟上人登師（獅）子巖（作）					○	○			○		○	○		○	○	
五古	遠遊篇					○				○							
五古	秋夜曲（木落）					○				○							
五古	感遇（暑退）					○				○							

詩體	詩歌	雅頌正音	皇明詩選（沈）	皇明風雅	皇明詩抄	明音類選	古今詩刪	（續）國雅	明詩正聲（盧）	皇明詩統	明詩正聲（穆）	明詩選（華）	明詩選最	國朝名公	石倉	皇明詩選（陳）	明詩歸
五古	感遇（白露）					○											
五古	琴清堂（詩）					○	○			○						○	
五古	郊遊						○										
五古	感懷（我有綠綺）						○										
五古	旅興（日落）						○									○	
五古	旅興（雨來）							○		○	○						
五古	旅興（窮巷）							○			○						
五古	旅夜（月光）							○									
五古	感遇（白露）									○							
五古	雜詩（沖霄）										○						
五古	六月十八日自天章入城作										○				○		
五古	旅興（青青）															○	
五古	感懷（驅車）														○		○
五古	感懷（槁葉）														○		○
五古	少年行														○		
五古	昔昔鹽														○		
五古	望武夷山														○		

詩體	詩歌	雅頌正音	皇明詩選（沈）	皇明風雅	皇明詩抄	明音類選	古今詩刪	（續）國雅	明詩正聲（盧）	皇明詩統	明詩正聲（穆）	明詩選（華）	明詩選最	國朝名公	石倉	皇明詩選（陳）	明詩歸
五古	早發建寧至興田驛														○		
五古	從軍詩送高則誠南征（清晨）														○		
五古	春谷詩爲竺西和尙賦														○		
五古	雨中雜詩（首夏）														○		
五古	發龍游														○		
五古	雙桐生空井														○		
五古	感懷（東園）														○		
五古	發安仁驛														○		
五古	題春江送別圖														○		
五古	雜感														○		
七古	有懷龍門先生謾書奉寄以寫別懷（寄宋景濂（先生））（美且都）	○	○	○		○				○							
七古	有懷龍門先生謾書奉寄以寫別懷（寄宋景濂（先生））（美且仁）	○	○	○		○				○							
七古	有懷龍門先生謾書奉寄以寫別懷（寄宋景濂（先生））（在山中）	○	○	○		○				○							
七古	懷龍門辭四首寄宋景濂（我思美人）			○		○											
七古	爲祝彥中題山水圖			○		○	○		○	○		○	○		○		

詩體	詩　　歌	雅頌正音	皇明詩選（沈）	皇明風雅	皇明詩抄	明音類選	古今詩刪	（續）國雅	明詩正聲（盧）	皇明詩統	明詩正聲（穆）	明詩選（華）	明詩選最	國朝名公	石倉	皇明詩選（陳）	明詩歸
七古	送人分題得鶴山			○													
七古	畫竹歌爲道士詹明德賦			○													
七古	夜聽張道士彈琴歌			○		○				○							
七古	題陸放翁賣（黃）花叟詩（後）			○	○	○			○	○					○		
七古	爲丘彥良題牧谿和尚千鴨圖			○													
七古	秋夜月（秋夜月黃金波）			○		○				○							
七古	蜀國絃				○	○	○		○	○							
七古	思美人				○	○		○						○			
七古	氣出唱				○	○											
七古	江上曲（江上）				○					○							
七古	明月子					○				○							
七古	隴頭水					○				○							
七古	王子喬					○				○							
七古	邯鄲才人嫁爲廝養卒婦					○			○	○					○		
七古	題安仁（人）余氏留餘堂（君不見）					○				○							
七古	漁樵						○										
七古	長安道							○	○		○			○	○		

詩體	詩　歌	雅頌正音	皇明詩選（沈）	皇明風雅	皇明詩抄	明音類選	古今詩刪	（續）國雅	明詩正聲（盧）	皇明詩統	明詩正聲（穆）	明詩選（華）	明詩選最	國朝名公	石倉	皇明詩選（陳）	明詩歸
七古	思歸引							○									
七古	折楊柳（去年）								○						○		
七古	寄宋景濂（我思）									○							
七古	楚妃歎														○		
七古	王昭君（漢庭）														○		
七古	陽春歌														○		
七古	古鏡詞														○		
七古	賞資深華山圖歌														○		
七古	題湘湖圖														○		
七古	宛轉歌														○		
七古	東飛伯勞歌														○		
七古	秋宵吟														○		
七古	鳴雁行														○		
七古	獨不見														○		
七古	蛺蝶行														○		
七古	班婕妤														○		
七古	題松下道士攜琴圖														○		

詩體	詩歌	雅頌正音	皇明詩選（沈）	皇明風雅	皇明詩抄	明音類選	古今詩刪	（續）國雅	明詩正聲（盧）	皇明詩統	明詩正聲（穆）	明詩選（華）	明詩選最	國朝名公	石倉	皇明詩選（陳）	明詩歸
七古	畦桑詞														○		
七古	棗下何纂纂行														○		
七古	冬暖行（孟冬）																○
五律	（題）太公釣渭圖			○			○		○			○	○			○	○
五律	過南望（旺）（時）守閘不得行			○		○			○	○					○	○	
五律	丙戌歲將赴京師途中送明德歸鎮江					○				○							
五律	不寐（不寐）					○				○		○	○		○		
五律	望孤山（作）（返照）					○	○		○	○		○	○				
五律	送謝恭						○										
五律	古戍							○	○		○						
五律	發景州							○		○							
五律	稽句嶺														○		
五律	秋興														○		
五排	錢塘懷古得吳字									○							
七律	侍宴鍾山應制時蘭州方奏捷（清和）			○		○				○							
七律	春興				○	○	○		○	○						○	
七律	冬暖（今年）				○	○				○							

詩體	詩　歌	雅頌正音	皇明詩選（沈）	皇明風雅	皇明詩抄	明音類選	古今詩刪	（續）國雅	明詩正聲（盧）	皇明詩統	明詩正聲（穆）	明詩選（華）	明詩選最	國朝名公	石倉	皇明詩選（陳）	明詩歸
七律	二月自黃岡還杭途中作				○												
七律	追和音上人						○		○			○					
七律	雪竹圖						○										
七律	二（三）月二（三）日登樓						○			○		○	○				
七律	答嚴上人						○		○								
七律	次李子庚韻							○	○	○							
七律	宿賈性之市隱樓									○							
七律	秋夕									○							
七律	望江亭									○							
七律	次韻會稽首上人									○							
七律	次韻和謙上人秋興（一自）									○							
七律	次韻和孟伯貞感興									○							
七律	送和音上人（絕頂）												○				
七律	題寒林圖														○		
七律	妙成觀用何逸林通判舊韻														○		
七律	立冬日作														○		
七律	丙申歲十月還鄉作（手種）														○		

詩體	詩歌	雅頌正音	皇明詩選（沈）	皇明風雅	皇明詩抄	明音類選	古今詩刪	（續）國雅	明詩正聲（盧）	皇明詩統	明詩正聲（穆）	明詩選（華）	明詩選最	國朝名公	石倉	皇明詩選（陳）	明詩歸
七律	早春遺懷														○		
七律	題墨竹														○		
七排	次韻和劉彥箕憶山（中）篇			○					○	○							
五絕	懊憹（儂）歌（白惡）			○		○	○		○	○							
五絕	懊憹（儂）歌（昨夜）			○						○							
五絕	玉階怨（白露）			○			○		○	○						○	○
五絕	秋思（梧桐）			○		○			○	○							
五絕	秋思（蕙草）			○						○							
五絕	長門怨			○			○		○	○							
五絕	瑯瑯王歌			○			○		○	○							
五絕	閨情			○						○							
五絕	閨詞（剔卻）			○		○	○		○	○		○	○				
五絕	蓮塘曲					○						○	○				
五絕	歲晏（宴）					○				○							
五絕	薤露歌						○		○								
六絕	題畫竹					○			○			○	○				
六絕	題山水小畫（鄂渚）								○	○							
六絕	題山水小畫（碧草）								○								

詩體	詩歌	雅頌正音	皇明詩選（沈）	皇明風雅	皇明詩抄	明音類選	古今詩刪	（續）國雅	明詩正聲（盧）	皇明詩統	明詩正聲（穆）	明詩選（華）	明詩選最	國朝名公	石倉	皇明詩選（陳）	明詩歸
七絕	春江曲			○		○	○		○	○							
七絕	采蓮歌（十三女兒）			○													
七絕	江南曲（錢塘）			○						○							
七絕	讀史有感			○		○				○							
七絕	題畫貓			○													
七絕	題明皇幸蜀圖			○													
七絕	磨石岡作			○		○				○							
七絕	鍾山作			○						○							
七絕	夜泊桐江驛			○													
七絕	無寐（夜長）				○												
七絕	宮怨（何處）					○				○		○	○				
七絕	江上（紅蓼）					○				○							
七絕	春日雜興（日自）					○				○		○	○				
七絕	楊柳枝詞（長干）					○				○							
七絕	楊柳枝詞（三月）					○											
七絕	題二喬圖					○				○							
七絕	絕句（花落）					○				○		○	○				
七絕	過張士誠故宮					○				○							

詩體	詩　　歌	雅頌正音	皇明詩選（沈）	皇明風雅	皇明詩抄	明音類選	古今詩刪	（續）國雅	明詩正聲（盧）	皇明詩統	明詩正聲（穆）	明詩選（華）	明詩選最	國朝名公	石倉	皇明詩選（陳）	明詩歸
七絕	秋日即事					○				○							
七絕	仙人詞（玉府）						○		○								
七絕	漢宮曲						○		○								
七絕	雙帶子（嫁時）						○		○								
七絕	竹枝歌（詞）（陽台雲雨）						○		○								
七絕	次韻和王文明（絕句）（漫興）							○	○		○			○			
七絕	過蘇州（姑蘇~管絃聲）							○			○						
七絕	次韻和石末公							○									
七絕	憶昔							○						○			
七絕	題小畫								○								
七絕	漫成（階下）									○							
七絕	絕句（槐葉）									○							
七絕	絕句（淮水）									○							
七絕	漫興（風散）														○		
七絕	漫興（多事）														○		
七絕	送醫士賈思誠還浙東（西風）														○		
七絕	夜坐（露泣）														○		
七絕	夜坐（虫響）														○		

詩體	詩歌	雅頌正音	皇明詩選（沈）	皇明風雅	皇明詩抄	明音類選	古今詩刪	（續）國雅	明詩正聲（盧）	皇明詩統	明詩正聲（穆）	明詩選（華）	明詩選最	國朝名公	石倉	皇明詩選（陳）	明詩歸
七絕	雪後遣興														○		
七絕	絕句（暖風）														○		
七絕	楊柳枝詞（多事）														○		
七絕	楊柳枝詞（漢將）														○		
七絕	楊柳枝詞（楊葉）														○		
七絕	吳歌（栽花）																○
七古	山有湫		○														

二、楊　基

詩體	詩歌	皇明詩選（沈）	皇明風雅	皇明詩抄	明音類選	古今詩刪	（續）國雅	明詩正聲（盧）	皇明詩統	明詩正聲（穆）	明詩選（華）	明詩選最	國朝名公	石倉	皇明詩選（陳）	明詩歸
		14	31	7	21	5	27	19	51	12	16	15	7	135	1	16
五古	登三夏故城（寒樹）	○														
五古	登三夏故城（關前）	○			○				○							○

詩體	詩歌	皇明詩選（沈）	皇明風雅	皇明詩抄	明音類選	古今詩刪	（續）國雅	明詩正聲（盧）	皇明詩統	明詩正聲（穆）	明詩選（華）	明詩選最	國朝名公	石倉	皇明詩選（陳）	明詩歸
五古	車過八岡	○														
五古	寓懷（一女）	○														
五古	寓懷（鵲巢）	○														
五古	寓懷（鞲鷹）	○														
五古	寓懷（善鬬）	○														
五古	淮陰祠						○			○						
五古	懷舊業						○									
五古	送匡東宋處士還廬山									○						
五古	贈毛生															○
五古	聽松軒													○		○
五古	感懷（鵲巢）													○		○
五古	感懷（鞲鷹）													○		
五古	感懷（浮雲）													○		
五古	秋夜言懷（鮮鮮）													○		
五古	秋夜言懷（西齋）													○		
五古	秋夜言懷（夜坐）													○		
五古	秋夜言懷（高梧）													○		
五古	登靈巖和韻周左丞伯溫饒大糸介之													○		

詩體	詩歌	皇明詩選（沈）	皇明風雅	皇明詩抄	明音類選	古今詩刪	（續）國雅	明詩正聲（盧）	皇明詩統	明詩正聲（穆）	明詩選（華）	明詩選最	國朝名公	石倉	皇明詩選（陳）	明詩歸
五古	雨中效韋體寄季迪止仲道衍仲溫（屢覯）													○		
五古	雨中效韋體寄季迪止仲道衍仲溫（久靜）													○		
五古	雨中效韋體寄季迪止仲道衍仲溫（叢林）													○		
五古	雨中效韋體寄季迪止仲道衍仲溫（別君）													○		
五古	遊北寺竹林													○		
五古	雨中期袁宰不至													○		
五古	東皋爲馬仲蔚賦													○		
五古	觀魚													○		
五古	上已遊虎丘値雨寓平遠齋													○		
五古	贈眞性空													○		
五古	僧寺感秋													○		
五古	長洲春													○		
五古	横塘晚													○		
五古	梧宮夜													○		
五古	楓陵秋													○		
五古	越來溪													○		
五古	滄浪波													○		
五古	綺川遊													○		

詩體	詩　歌	皇明詩選（沈）	皇明風雅	皇明詩抄	明音類選	古今詩刪	（續）國雅	明詩正聲（盧）	皇明詩統	明詩正聲（穆）	明詩選（華）	明詩選最	國朝名公	石倉	皇明詩選（陳）	明詩歸
五古	茂苑思													○		
五古	送条政錢誠夫之淮安													○		
五古	客館秋思													○		
五古	白髮													○		
五古	歲暮書事													○		
五古	漢口與洪鎮撫夜話													○		
五古	霧中望新淦縣													○		
五古	自湖西發舟望瀑布													○		
五古	望岳麓													○		
五古	湘女													○		
五古	湘江道中思常宗													○		
五古	過道士湫													○		
五古	零陵感春													○		
七古	黃鶴生歌贈王錄事叔明	○		○												
七古	壬子清明看花有感（吉祥）		○											○		
七古	雪中登黃鶴樓（黃鶴）		○		○				○							
七古	雪中再登黃鶴樓（平生）		○		○				○							
七古	鐵笛歌爲鐵崖先生賦		○													

詩體	詩　　歌	皇明詩選（沈）	皇明風雅	皇明詩抄	明音類選	古今詩刪	（續）國雅	明詩正聲（盧）	皇明詩統	明詩正聲（穆）	明詩選（華）	明詩選最	國朝名公	石倉	皇明詩選（陳）	明詩歸
七古	白頭母吟		○													
七古	玉仙謠和阮孝思作		○											○		
七古	詠七姊妹花		○				○			○						
七古	七嫳圖		○													
七古	休採（采）花（詞）		○		○			○	○		○	○				
七古	掛（挂）劍臺（和黃子邕）		○		○		○	○	○	○			○			
七古	李嵩畫宋宮觀潮圖			○	○				○							
七古	贈錢塘全王孫				○				○							
七古	高郵湖新開値雨						○	○	○							○
七古	結客少年場行						○							○		
七古	（題）長（春）江萬里圖						○	○						○		
七古	漠漠山中雲						○	○								
七古	姑蘇臺													○		
七古	約范園看杏花													○		
七古	食燒笋留題陳惟寅竹間													○		
七古	畫爲包師聖題													○		
七古	趙元畫懸崖圖													○		
七古	巧石雙松圖													○		

詩體	詩歌	皇明詩選（沈）	皇明風雅	皇明詩抄	明音類選	古今詩刪	（續）國雅	明詩正聲（盧）	皇明詩統	明詩正聲（穆）	明詩選（華）	明詩選最	國朝名公	石倉	皇明詩選（陳）	明詩歸
七古	省掖觀梅和宋草堂韻													○		
七古	聞鄰船吹笛													○		
七古	湘中見春鴈													○		
七古	登岳陽樓望君山													○		
七古	留題湘江寺													○		
七古	皀角灘													○		
七古	鄭州道中													○		
七古	寄題水西草堂													○		
七古	留別楊公輔													○		
七古	畫鴈													○		
七古	庚戌元日立春試筆（柳暖）													○		
七古	庚戌元日立春試筆（南山）													○		
七古	舟抵南康望廬山													○		
五律	哭陳仲舒山西秋日	○														
五律	（登）岳（嶽）陽樓（春色）		○	○	○	○	○	○	○	○	○	○	○		○	○
五律	東閣對雨		○						○							
五律	江村雜興（判醉）		○			○			○	○				○		
五律	懷吳善養		○						○							

詩體	詩歌	皇明詩選（沈）	皇明風雅	皇明詩抄	明音類選	古今詩刪	（續）國雅	明詩正聲（盧）	皇明詩統	明詩正聲（穆）	明詩選（華）	明詩選最	國朝名公	石倉	皇明詩選（陳）	明詩歸
五律	湘中襍（雜）言			○	○						○	○				
五律	懷錢唐武思文				○											
五律	秋日郊居（雜興）（落葉）						○	○		○						
五律	懷翟好問						○						○			
五律	江村雜興（春墅）						○						○	○		○
五律	江村雜興（將雨）						○						○			
五律	送王中公之上海						○									
五律	盱眙懷古						○									
五律	沙河雜詩（河曲）						○									
五律	雪中燕						○							○		
五律	晚過秋浦							○						○		
五律	夏夜有懷								○							
五律	句曲秋日郊居雜興（欲往）															○
五律	雪中柳													○		
五律	送沙天民之無錫兼簡張彥禎													○		
五律	謔柳													○		
五律	閏七夕													○		
五律	溪山小隱													○		

詩體	詩歌	皇明詩選（沈）	皇明風雅	皇明詩抄	明音類選	古今詩刪	（續）國雅	明詩正聲（盧）	皇明詩統	明詩正聲（穆）	明詩選（華）	明詩選最	國朝名公	石倉	皇明詩選（陳）	明詩歸
五律	愛竹軒													○		
五律	偶題													○		
五律	寄葉德彰戴叔能													○		
五律	壺中插緋碧花柬高二校書同詠													○		
五律	初夏試筆													○		
五律	方氏園居（由來）													○		
五律	方氏園居（園廬）													○		
五律	方氏園居（回汀）													○		
五律	宿高季迪京館													○		
五律	春盡始聞鶯聲													○		
五律	和牛侍御懷弟之作													○		
五律	懷吳中赤山舊業（東林）													○		
五律	江村雜興（判醉）													○		
五律	江村雜興（江影）													○		
五律	江村雜興（江月）													○		
五律	江村雜興（咫尺）													○		
五律	句曲秋日郊居雜興（茅屋）													○		
五律	沙河舟中													○		

詩體	詩歌	皇明詩選（沈）	皇明風雅	皇明詩抄	明音類選	古今詩刪	（續）國雅	明詩正聲（盧）	皇明詩統	明詩正聲（穆）	明詩選（華）	明詩選最	國朝名公	石倉	皇明詩選（陳）	明詩歸
五律	立夏前一日有賦													○		
五律	夜泊琵琶亭聞笛													○		
五律	舟中聞杜鵑													○		
五律	宿巴陵													○		
五律	零陵（地僻）													○		
五律	零陵（古瓦）													○		
五排	上巳（日）（暖日）				○						○	○				
五排	早秋送趙景普東歸													○		
七律	（賦）春水（溶溶）	○														○
七律	（賦）春草	○	○		○		○		○				○	○		○
七律	奉天殿早朝	○														
七律	無營	○														
七律	蛾眉亭		○						○							
七律	寄楊廉夫先生		○						○							
七律	（途次）感秋（嫋嫋）			○	○			○	○		○	○				
七律	春日白門寫懷用高季迪韻（得歸）			○	○				○							
七律	懷方員外				○				○							
七律	清明雨中傷感（客中有感）（減衣）				○				○		○	○				

詩體	詩歌	皇明詩選（沈）	皇明風雅	皇明詩抄	明音類選	古今詩刪	（續）國雅	明詩正聲（盧）	皇明詩統	明詩正聲（穆）	明詩選（華）	明詩選最	國朝名公	石倉	皇明詩選（陳）	明詩歸
七律	無題四首和李商隱（唐李義山）（夜合）						○		○							○
七律	興安道中							○						○		
七律	送路季達聘山東							○								
七律	贈天妃宮道士沈雪溪							○								
七律	太湖								○							
七律	無題四首和李商隱（一瓣）								○							○
七律	無題四首和李商隱（細骨）								○							○
七律	無題四首和李商隱（纔向）								○							○
七律	望夫山								○							
七律	過黃陵廟								○							
七律	晚春金陵留別諸友								○							
七律	江郭對柳								○							
七律	追送徐孟岳								○							
七律	白門寫懷（綠蕪）										○					
七律	白門寫懷（春色）										○	○				
七律	欲江寧村居寫懷（白門寫懷）（醉舞）										○	○				
七律	欲江寧村居寫懷（白門寫懷）（十里）										○	○				
七律	欲江寧村居寫懷（白門寫懷）（望盡）										○	○				

詩體	詩歌	皇明詩選（沈）	皇明風雅	皇明詩抄	明音類選	古今詩刪	（續）國雅	明詩正聲（盧）	皇明詩統	明詩正聲（穆）	明詩選（華）	明詩選最	國朝名公	石倉	皇明詩選（陳）	明詩歸
七律	答李仲弘寫懷（次韻）（春來）										○	○		○		
七律	寄張孟兼										○	○				
七律	客中寒食有感										○			○		
七律	賣袍						○									
七律	過豐城						○									
七律	新柳															○
七律	春日雜詠（雨雨）															○
七律	清明客中有感（客舍）											○				
七律	元夕次韻鐵崖先生（千輪）													○		
七律	和謝雪坡錢塘見寄													○		
七律	楊村寒食													○		
七律	乘槎爲日者張德元賦													○		
七律	晚春（辛夷）													○		
七律	答李仲弘寫懷次韻（休對）													○		
七律	自笑用前韻													○		
七律	浦口逢春憶禁苑舊遊													○		
七律	晚泊溢浦逢冷節													○		
七律	舟中聞鄰船吳歌有懷幼文來儀													○		

詩體	詩歌	皇明詩選（沈）	皇明風雅	皇明詩抄	明音類選	古今詩刪	（續）國雅	明詩正聲（盧）	皇明詩統	明詩正聲（穆）	明詩選（華）	明詩選最	國朝名公	石倉	皇明詩選（陳）	明詩歸
七律	二月晦日耒陽江口寄書													○		
七律	神陽道中見海棠													○		
七律	桂林即興（江爲）													○		
七律	晚發瓜洲													○		
七律	春日山西寄王允原知司（畫船）													○		
五絕	陌上桑		○		○			○	○		○	○				
五絕	花開		○			○		○	○							
五絕	壺中二色桃花		○						○							
五絕	瓶中插梨杏桃李四花有詠		○						○							
五絕	彈琴高士		○						○							
五絕	扇上畫		○						○							
五絕	刺客三詠（匕首）		○					○	○							
五絕	刺客三詠（筑）		○						○							
五絕	刺客三詠（椎）		○						○							
五絕	五丈石		○						○							
五絕	照湖鏡		○						○							
五絕	夢歸		○						○							
五絕	遇（逢）故奴（倉卒）		○						○							

詩體	詩　歌	皇明詩選（沈）	皇明風雅	皇明詩抄	明音類選	古今詩刪	（續）國雅	明詩正聲（盧）	皇明詩統	明詩正聲（穆）	明詩選（華）	明詩選最	國朝名公	石倉	皇明詩選（陳）	明詩歸
五絕	遇（逢）故奴（怪我）		○					○	○							
五絕	聞柝			○	○				○							
五絕	咏眉						○			○						
五絕	殘雪						○	○		○						
五絕	鬪艸						○			○						
五絕	示楊水西						○		○							
六絕	自嘆								○							
七絕	過竇鳴犢大夫祠	○														
七絕	登宋宮故基						○			○						
七絕	十二紅圖			○	○	○		○	○							
七絕	天平山中				○						○	○				
七絕	西湖上書所見				○				○							
七絕	紅（綠）椒（蕉）仕（二）女圖（兩樹）					○		○						○		
七絕	春暮（日）西（田）園雜興						○			○			○	○		
七絕	遊鄧尉山								○							
七絕	赤山舊事（漫興）								○					○		
七絕	紅綠蕉二女圖（爲折）													○		
七絕	故山春日（千花）													○		

詩體	詩歌	皇明詩選（沈）	皇明風雅	皇明詩抄	明音類選	古今詩刪	（續）國雅	明詩正聲（盧）	皇明詩統	明詩正聲（穆）	明詩選（華）	明詩選最	國朝名公	石倉	皇明詩選（陳）	明詩歸
七絕	故山春日（梨花）													○		
七絕	故山春日（青青）													○		
七絕	故山春日（寂寂）													○		
七絕	故山春日（輕寒）													○		
七絕	雨中對（看）花													○		
七絕	落花嘆													○		
七絕	粉團兒花													○		
七絕	避暑貽美人（酥凝）													○		
七絕	松陵道中													○		
七絕	青山白雲圖													○		
七絕	九月八日對菊													○		
七絕	大姑山下梅花													○		
七絕	德安山中													○		
七絕	舟回看廬山													○		

三、張　羽

詩體	詩　　歌	皇明詩選（沈）	皇明風雅	皇明詩抄	明音類選	古今詩刪	（續）國雅	明詩正聲（盧）	皇明詩統	明詩正聲（穆）	明詩選（華）	明詩選最	國朝名公	石倉	皇明詩選（陳）	明詩歸
		35	13	2	10	1	15	11（10）	19	1	4	2	3	112	2	4
五古	吳興道士張竹泉畫像贊	○														
五古	雜詩（后皇）	○														
五古	雜詩（泠泠）	○														
五古	雜詩（生平）	○														
五古	菊窗	○														
五古	雨中誠筆	○														
五古	題胡玄素畫（明音類選、明詩選、明詩選最歸爲五律）	○			○		○		○		○	○		○		
五古	雪後	○												○		
五古	張節婦		○						○					○		
五古	晚歸飲眾芳亭			○	○											
五古	三江口望京闕			○	○				○							
五古	雨夜						○							○		
五古	始聞早砧						○									

詩體	詩　歌	皇明詩選（沈）	皇明風雅	皇明詩抄	明音類選	古今詩刪	（續）國雅	明詩正聲（盧）	皇明詩統	明詩正聲（穆）	明詩選（華）	明詩選最	國朝名公	石倉	皇明詩選（陳）	明詩歸
五古	飲酒桂花下						○									
五古	望西山懷子文（竹色）						○									
五古	寄中竺泐季潭						○									
五古	暮歸聞許文學枉顧						○									
五古	春山瑞靄圖													○		○
五古	秋日苕溪道中														○	
五古	雜詩（生平）													○		
五古	擬古（閒夜）													○		
五古	擬古（少年）													○		
五古	擬古（處世）													○		
五古	雜言（此邦）													○		
五古	雜言（余生）													○		
五古	雜言（抱拙）													○		
五古	元夕值雨													○		
五古	春寒													○		
五古	三月三日期黃許二山人遊覽不至因寄													○		
五古	春初遊戴山（雲羅）													○		
五古	觀稼													○		

詩體	詩　歌	皇明詩選（沈）	皇明風雅	皇明詩抄	明音類選	古今詩刪	（續）國雅	明詩正聲（盧）	皇明詩統	明詩正聲（穆）	明詩選（華）	明詩選最	國朝名公	石倉	皇明詩選（陳）	明詩歸
五古	晚涼放舟													○		
五古	夏日北窗獨酌													○		
五古	立秋言懷（閒居）													○		
五古	立秋言懷（開秋）													○		
五古	初晴登望													○		
五古	雨中偶成（空齋）													○		
五古	戴山石上聽松													○		
五古	震澤													○		
五古	碧瀾堂													○		
五古	升山													○		
五古	下菰城													○		
五古	郭璞祠													○		
五古	閒齋獨夜													○		
五古	奉答吹臺先生送蜀山人見簡之作													○		
五古	懷方員外以常													○		
五古	成詠（清晏堂）													○		
五古	過雲巖													○		
五古	懷景佺師													○		

詩體	詩　　歌	皇明詩選（沈）	皇明風雅	皇明詩抄	明音類選	古今詩刪	（續）國雅	明詩正聲（盧）	皇明詩統	明詩正聲（穆）	明詩選（華）	明詩選最	國朝名公	石倉	皇明詩選（陳）	明詩歸
五古	送許尊師還大滌洞													○		
五古	扇上墨萱													○		
五古	題采苓子卷													○		
五古	寄金許二高隱													○		
五古	獨夜聞雪													○		
五古	擬過園隱阻雨													○		
五古	石門道中													○		
五古	續懷友（余左司）													○		
五古	送方員外力疾歸吳興													○		
五古	送莫翥入郭知還谿居（舉世）													○		
五古	送莫翥入郭知還谿居（蟬鳴）													○		
五古	讀書圖													○		
五古	晚過費山人園居													○		
五古	雲山圖													○		
五古	苕陽草堂													○		
五古	過黃徵君新居													○		
五古	題晚翠軒													○		
五古	送弟瑜赴京師													○		

詩體	詩　　歌	皇明詩選（沈）	皇明風雅	皇明詩抄	明音類選	古今詩刪	（續）國雅	明詩正聲（盧）	皇明詩統	明詩正聲（穆）	明詩選（華）	明詩選最	國朝名公	石倉	皇明詩選（陳）	明詩歸
五古	歸過白馬湖													○		
五古	獨不見													○		
七古	題天目山房	○														
七古	余將軍家（篆）書榻本歌	○	○					○	○					○		
七古	葵軒歌	○														
七古	題赤城霞圖	○														
七古	題節婦梁氏卷	○														
七古	贈袁廷玉先生	○														
七古	醉樵歌		○						○							
七古	錢舜舉溪岸圖		○													
七古	胡廷暉畫		○													
七古	送縣尹				○				○							
七古	西塞晚魚（漁）圖				○				○							
七古	咸陽宮行						○						○			
七古	趙魏公竹枝歌						○							○		
七古	吳宮春詞擬王建							○								
七古	老將行							○								
七古	館娃宮								○							

詩體	詩歌	皇明詩選（沈）	皇明風雅	皇明詩抄	明音類選	古今詩刪	（續）國雅	明詩正聲（盧）	皇明詩統	明詩正聲（穆）	明詩選（華）	明詩選最	國朝名公	石倉	皇明詩選（陳）	明詩歸
七古	長干行													○		
七古	溫泉宮行													○		
七古	莘叔耕畫梅雪軒													○		
七古	高尙書畫													○		
七古	望太湖													○		
七古	送金秀才歸侍													○		
五律	詩窮		○						○							
五律	贈僧還日本						○			○						
五律	遊山寺						○						○			
五律	送客還山						○									
五律	山陰曉發（寄暨陽舊友）							○			○					
五律	送劉仲鼎歸杭州							○						○		
五律	杜宇															○
五律	江村夏日													○		
五律	涼夜													○		
五律	聞蛩聲													○		
五律	夜宿山房													○		
五律	江晚旅懷													○		

詩體	詩　歌	皇明詩選（沈）	皇明風雅	皇明詩抄	明音類選	古今詩刪	（續）國雅	明詩正聲（盧）	皇明詩統	明詩正聲（穆）	明詩選（華）	明詩選最	國朝名公	石倉	皇明詩選（陳）	明詩歸
五律	池上													○		
五律	客夜懷王英甫													○		
五律	寄贈一見禪師													○		
七律	燈花	○							○							
七律	行樂過西崦	○			○				○		○	○		○		
七律	楊（揚）州道中	○	○		○				○		○			○		
七律	雨中書懷（邑裡）	○														
七律	春日登戴山懷舊	○														
七律	寄方員外	○														
七律	重陽道院	○														
七律	芳弟招賞杏花	○														
七律	載夢舟爲王朝英賦	○														
七律	黃河	○														
七律	題松雪翁竹	○														
七律	奉和張仲舉先生席上韻	○														
七律	贈趙似之駕閣		○													
七律	秋日郊居							○								
七律	宿保叔塔院							○								
七律	送商公禮赴溫州								○							

詩體	詩　　歌	皇明詩選（沈）	皇明風雅	皇明詩抄	明音類選	古今詩刪	（續）國雅	明詩正聲（盧）	皇明詩統	明詩正聲（穆）	明詩選（華）	明詩選最	國朝名公	石倉	皇明詩選（陳）	明詩歸
七律	過吳門（過吳即景）								○					○		○
七律	蘇臺覽古								○							
七律	吳興南門懷古															○
七律	早春遊望													○		
七律	春雪（正月晦日雪）													○		
七律	夏夜宿道場													○		
七律	僧居寒夜（山館）													○		
七律	曉過淮陰													○		
七律	送人之官閩中													○		
七律	贈彈箏人													○		
七律	閩中春暮													○		
七律	送越上人住蔣山													○		
七律	答山西楊憲副故舊見寄													○		
五絕	移蕉	○														
五絕	題沈士誠所藏廷暉山水（高人）	○														
五絕	胡騎圖（弓劍）		○						○							
五絕	胡騎圖（陣火）		○		○				○							
五絕	觀魏武本紀		○		○				○							

詩體	詩歌	皇明詩選（沈）	皇明風雅	皇明詩抄	明音類選	古今詩刪	（續）國雅	明詩正聲（盧）	皇明詩統	明詩正聲（穆）	明詩選（華）	明詩選最	國朝名公	石倉	皇明詩選（陳）	明詩歸
五絕	仲穆著色蘭（鸞輿）		○											○		
五絕	秋夜臥病						○						○			
五絕	山中景													○		
五絕	晚眺有懷													○		
五絕	畫（白雲）													○		
五絕	畫（一雨）													○		
五絕	仲穆著色蘭（芳草）													○		
五絕	保公巖													○		
五絕	蘇小墳													○		
五絕	畫（嵐深）													○		
五絕	畫（孤邨）													○		
五絕	月牖													○		
七絕	題倭扇	○														
七絕	登韓信城望漂母墓	○														
七絕	題畫（孤舟）	○														
七絕	重千回文	○														
七絕	題（孟性初畫）陶淵明（畫）像	○	○						○					○		
七絕	雨中想東園杏花	○														

詩體	詩　歌	皇明詩選（沈）	皇明風雅	皇明詩抄	明音類選	古今詩刪	（續）國雅	明詩正聲（盧）	皇明詩統	明詩正聲（穆）	明詩選（華）	明詩選最	國朝名公	石倉	皇明詩選（陳）	明詩歸
七絕	題夏雨新霽圖	○														
七絕	燕山春暮		○		○	○		○	○					○	○	
七絕	雪川舟中						○									
七絕	取勝亭感舊						○	○						○		
七絕	折蓮子呈楊孟載							○								
七絕	春夜													○		
七絕	惜春													○		
七絕	雨霽													○		
七絕	白鳥													○		
七絕	送春													○		
七絕	夏日聞鶯													○		
七絕	舟中似文性之山長													○		
七絕	畫（百道）													○		
七絕	寄靈隱良泐二長老（兩禪）													○		
七絕	寄友													○		
七絕	曉發嘉興似友													○		
七絕	登盧山甫聽雨軒感懷													○		
七絕	離離煙樹													○		

四、徐　賁

詩體	詩　歌	皇明詩選（沈）	皇明風雅	皇明詩抄	明音類選	古今詩刪	（續）國雅	明詩正聲（盧）	皇明詩統	明詩正聲（穆）	明詩選（華）	明詩選最	國朝名公	石倉	皇明詩選（陳）	明詩歸	
		29	13	4	11	1	18	9（8）	22	5	4	4	7	106	1	7	
五古	女媧墓（廟）	○												○			
五古	宿濟瀆齋房	○															
五古	種菊	○															
五古	贈朱道士默齋	○															
五古	洛陽陌	○															
五古	從軍行	○															
五古	切切重切切贈普仲淵		○		○				○								
五古	三婦詞		○						○							○	
五古	古別離（清晨）						○			○				○			
五古	名都一何綺						○										
五古	劍池													○		○	
五古	題銅塢後山石													○		○	
五古	五索效韓偓（爲性）													○			
五古	五索效韓偓（昨日）													○			
五古	五索效韓偓（幾回）													○			

詩體	詩　歌	皇明詩選（沈）	皇明風雅	皇明詩抄	明音類選	古今詩刪	（續）國雅	明詩正聲（盧）	皇明詩統	明詩正聲（穆）	明詩選（華）	明詩選最	國朝名公	石倉	皇明詩選（陳）	明詩歸	
五古	五索效韓偓（琵琶）													○			
五古	五索效韓偓（開將）													○			
五古	擊筑行和高季迪韻同張記室憲賦													○			
五古	短歌行贈杜君寅													○			
五古	讀史（周衰）													○			
五古	讀史（堂坳）													○			
五古	讀史（魯連）													○			
五古	芟草													○			
五古	卧佛宣講師經院贈李道人得處字													○			
五古	陪潘右丞燕集													○			
五古	過荷葉浦													○			
五古	衍上人蕭然齋													○			
五古	七夕有雨													○			
五古	題齋前蕉石呂志學嘗題此故落句及之													○			
五古	錢彥周軒前梧竹													○			
五古	中秋廣福院對月貽戴尙文主簿													○			
五古	獅子林池上觀魚													○			

詩體	詩　歌	皇明詩選（沈）	皇明風雅	皇明詩抄	明音類選	古今詩刪	（續）國雅	明詩正聲（盧）	皇明詩統	明詩正聲（穆）	明詩選（華）	明詩選最	國朝名公	石倉	皇明詩選（陳）	明詩歸	
五古	松江道中													○			
五古	眠雲軒													○			
五古	曉過震澤													○			
五古	西園看花燕集													○			
五古	懷李三莊													○			
五古	步至西余山有詠													○			
五古	春日遊净慈寺													○			
五古	殘燈													○			
五古	題王彥舉聽雨軒													○			
五古	渡沁水（一水）													○			
七古	（題唐）明皇遊月宮（圖）	○							○								
七古	神絃曲（靈風）	○			○				○								沈・皇明詩選歸入樂府
七古	邯鄲才人嫁爲廝養卒婦	○												○			
七古	別離曲（山風）		○	○	○		○	○	○					○			
七古	農父謠送顧明府由吳邑陞常熟（我家）（送縣尹）						○						○	○		○	

詩體	詩歌	皇明詩選（沈）	皇明風雅	皇明詩抄	明音類選	古今詩刪	（續）國雅	明詩正聲（盧）	皇明詩統	明詩正聲（穆）	明詩選（華）	明詩選最	國朝名公	石倉	皇明詩選（陳）	明詩歸	
七古	長歌復短歌（長歌長）						○						○				
七古	長歌復短歌（短歌短）						○						○				
七古	長歌復短歌（長歌停）						○						○				
七古	長歌復短歌（長短歌歇）						○						○				
七古	晚歸													○		○	
七古	賈客行													○			
七古	梅花清夢辭與貝廷琚博士同賦													○			
七古	題鎦生柳莊													○			
七古	瑤芳樓													○			
七古	翠竹黃花二仕女圖（蘿屋）													○			
七古	十二月廿一日尋梅到西塢留題山家													○			
七古	送主簿王儀中之華亭													○			
七古	送許監事北遊													○			
七古	二喬觀書圖													○			
七古	車遙遙送張都事（車遙遙）													○			
七古	柳短短送陳舜道													○			
七古	白蘋花送王汝器													○			

詩體	詩　歌	皇明詩選（沈）	皇明風雅	皇明詩抄	明音類選	古今詩刪	（續）國雅	明詩正聲（盧）	皇明詩統	明詩正聲（穆）	明詩選（華）	明詩選最	國朝名公	石倉	皇明詩選（陳）	明詩歸	
七古	明月篇贈章子向													○			
五律	送曾伯滋（赴西河（河西）將幕）	○	○		○	○		○	○		○	○			○		
五律	送澄上人南遊題思親亭	○															
五律	送朱知事	○			○				○		○	○					
五律	兵後過睪（皐）亭山	○		○	○		○	○	○	○	○	○					
五律	送李山人還越	○															
五律	送湯伯貞赴京	○															
五律	答山西楊孟載	○															
五律	戊申正月試筆			○	○												
五律	馮上人湖上別業						○						○	○			
五律	同高記室訪虎丘蟾苞二上人						○										
五律	題春江雲舍						○										
五律	送思上人						○										
五律	歲晚							○									
五律	遊金粟寺								○								
五律	讀柳													○			
五律	寄衍書記													○			
五律	同衍師訪席有道分韻得尋字又得無字（邂逅）													○			

詩體	詩　歌	皇明詩選（沈）	皇明風雅	皇明詩抄	明音類選	古今詩刪	（續）國雅	明詩正聲（盧）	皇明詩統	明詩正聲（穆）	明詩選（華）	明詩選最	國朝名公	石倉	皇明詩選（陳）	明詩歸	
五律	喜王介休過次韻													○			
五律	泛碧浪湖													○			
五律	晚過西崦費氏別業贈明天目長老													○			
五律	蜀山書舍圖													○			
五律	閒居													○			
五律	山中琴興													○			
五律	送江教諭													○			
五律	濯清軒													○			
五律	秦淮客舍除夕呈大兄													○			
五律	送潘士謙歸廬州省親													○			
五律	題得飛雲送劉提司勝													○			
五律	東城道中與王守敬張思廉同賦													○			
五律	送易架閣													○			
七律	登廣州城樓	○	○		○				○								
七律	答楊孟載	○															
七律	題宋參政紀事狀後	○															
七律	題吳興胡玄素畫山居圖	○															
七律	過彭江藏春軒鳳凰山	○															

詩體	詩歌	皇明詩選（沈）	皇明風雅	皇明詩抄	明音類選	古今詩刪	（續）國雅	明詩正聲（盧）	皇明詩統	明詩正聲（穆）	明詩選（華）	明詩選最	國朝名公	石倉	皇明詩選（陳）	明詩歸	
七律	送王架閣南歸		○						○								
七律	江館漫成		○														
七律	鳳凰山懷古				○						○	○					
七律	送袁伯貞之湖廣						○										
七律	白塔懷古							○								○	
七律	張叔芳南澗草堂							○									
七律	夏姬墓								○								
七律	送高二啓韻								○								
七律	送張山人還天平								○								
七律	寄周記室（履道）								○					○			
七律	次高二季迪留別韻													○			
七律	許將軍墓													○			
七律	過姚大臨寓所													○			
七律	錢氏池園燕集得春字													○			
七律	陳允中亂後歸故隴營居見寄奉答													○			
七律	次韻答馮信卿見寄													○			
七律	寄酈尙德王汝器													○			
七律	遊張林山													○			

詩體	詩　歌	皇明詩選（沈）	皇明風雅	皇明詩抄	明音類選	古今詩刪	（續）國雅	明詩正聲（盧）	皇明詩統	明詩正聲（穆）	明詩選（華）	明詩選最	國朝名公	石倉	皇明詩選（陳）	明詩歸	
七律	登崑山次易九成諸友韻													○			
七律	重遊道場													○			
七律	贈趙安道													○			
七律	園隱圖送方以常													○			
七律	白塔懷古													○			
七律	答故人楊憲副孟載													○			
五排	送人之吳江									○				○			
五排	題王材東里草堂													○			
五排	送張明府													○			
五絕	送呂庸南	○															
五絕	塞上曲		○					○	○								
五絕	采蓮曲		○						○							○	
五絕	青青水中蒲		○					○	○								
五絕	折楊柳			○	○				○					○			
五絕	題畫（眞鳥）													○			
五絕	題畫（隔浦）													○			
六絕	墨梅	○												○			
六絕	題趙丹林畫	○															

詩體	詩　歌	皇明詩選（沈）	皇明風雅	皇明詩抄	明音類選	古今詩刪	（續）國雅	明詩正聲（盧）	皇明詩統	明詩正聲（穆）	明詩選（華）	明詩選最	國朝名公	石倉	皇明詩選（陳）	明詩歸	
六絕	題畫（雨後山青雲白）	○															
六絕	徐良甫耕釣軒				○				○								
六絕	記夢													○			
七絕	夜坐	○															
七絕	送山西謝員外題揚憲副詩後	○															
七絕	題張來儀畫	○															
七絕	畫馬		○														
七絕	題葉梓素所作山水		○						○								
七絕	慰吳允堅喪妾（妻）（腸斷）		○						○								
七絕	折蓮子呈孟載						○			○							
七絕	詠芙蓉送朱仲垣歸越						○										
七絕	折花背立美人圖						○										
七絕	上菁山訪王張二山人不値						○						○	○			
七絕	送方給事									○							
七絕	春懷次韻楊署令													○			
七絕	次韻答王七隅													○			
七絕	蟬													○			

詩體	詩　歌	皇明詩選（沈）	皇明風雅	皇明詩抄	明音類選	古今詩刪	（續）國雅	明詩正聲（盧）	皇明詩統	明詩正聲（穆）	明詩選（華）	明詩選最	國朝名公	石倉	皇明詩選（陳）	明詩歸	
七絕	野亭讀書圖													○			
七絕	答高季迪酒醒聞雨													○			
七絕	寒食前三日適桐里見梨花													○			
七絕	春暮見山茶有感													○			
七絕	十一月一日始見菊花													○			
七絕	次韻張文學見招													○			
七絕	過山中廢寺													○			
七絕	曉發秀州													○			
七絕	揚州													○			
七絕	揚州僧舍見花有感													○			
七絕	宿五溪聞舟中客歌													○			
五言聯句	病柏聯句	○															

五、高　啓

詩體	詩　歌	雅頌正音	皇明詩選（沈）	皇明風雅	皇明詩抄	明音類選	古今詩刪	（續）國雅	明詩正聲（盧）	皇明詩統	明詩正聲（穆）	明詩選（華）	明詩選最	國朝名公	石倉	皇明詩選（陳）	明詩歸	
		8	44	76	24	69	24	53	52（51）	64	32	34	28	27	290	11	23	
五古	擬古（纂纂）	○		○		○												
五古	擬古（嵯峨）	○		○											○			
五古	擬古（美人）	○		○		○									○			
五古	擬古（明星）	○		○		○												
五古	獨酌		○					○			○							
五古	與王隱居宿寧眞道院		○															
五古	宴顧史君東亭隔簾觀竹下舞妓			○														
五古	登蓬萊閣望雲門秦望諸山			○														
五古	西臺慟哭詩			○														
五古	皇橋			○														
五古	悲歌行（結髮）			○						○								
五古	塞下曲			○											○			
五古	薊門（行）			○		○		○		○	○						○	
五古	感懷（清霜）			○														

詩體	詩歌	雅頌正音	皇明詩選（沈）	皇明風雅	皇明詩抄	明音類選	古今詩刪	（續）國雅	明詩正聲（盧）	皇明詩統	明詩正聲（穆）	明詩選（華）	明詩選最	國朝名公	石倉	皇明詩選（陳）	明詩歸	
五古	感懷（鄧禹）			○														
五古	白門答高一聘君			○														
五古	登三夏故城			○														
五古	明月灣					○												
五古	毛公壇					○									○			
五古	夢遊仙					○												
五古	登西城門					○												
五古	尋照公					○				○		○	○		○		○	
五古	寓感（駑馬）					○				○								
五古	酧謝翰林留別					○												
五古	至吳松江					○									○			
五古	慧聚寺						○		○			○						
五古	剡原（欲知）						○								○			
五古	聞張著作値雨宿陳山人園因寄							○			○							
五古	宿幻住棲雲堂							○			○				○			
五古	送程較理遊江上							○			○				○	○		
五古	逢雪巖僧元實將赴湖上							○										
五古	虞美人曲							○										

詩體	詩歌	雅頌正音	皇明詩選（沈）	皇明風雅	皇明詩抄	明音類選	古今詩刪	（續）國雅	明詩正聲（盧）	皇明詩統	明詩正聲（穆）	明詩選（華）	明詩選最	國朝名公	石倉	皇明詩選（陳）	明詩歸	
五古	賦得桃塢送別							○										
五古	僧齋聞雨							○							○			
五古	曉臥丁校書西軒							○										
五古	寓感（美女）								○		○							
五古	寓感（攬轡）								○		○				○			
五古	金井怨									○							○	
五古	春日懷徐記室賁										○							
五古	曉起春望										○				○			
五古	答內寄										○							
五古	雜詩（詠）														○	○		
五古	顧榮廟															○		
五古	雙桐生空井														○		○	
五古	上之回														○			
五古	君子有所思行														○			
五古	羅敷行														○			
五古	怨歌行														○			
五古	蒿里														○			
五古	邯鄲才人嫁爲厮養卒婦														○			

詩體	詩　歌	雅頌正音	皇明詩選（沈）	皇明風雅	皇明詩抄	明音類選	古今詩刪	（續）國雅	明詩正聲（盧）	皇明詩統	明詩正聲（穆）	明詩選（華）	明詩選最	國朝名公	石倉	皇明詩選（陳）	明詩歸	
五古	擬古（東井）														○			
五古	擬古（黃鳥）														○			
五古	寓感（蚩蚩）														○			
五古	寓感（頹陽）														○			
五古	始發南門晚行道中														○			
五古	渡浙江宿西興民家														○			
五古	夜抵江上候船至曉始行														○			
五古	宿湯氏江樓夜起觀潮														○			
五古	題綠綺軒														○			
五古	登景閣夜宴														○			
五古	暮歸														○			
五古	送蜀山人歸吳興兼簡菁山靜者														○			
五古	會宿城西客樓送王太史														○			
五古	出郊抵東屯（朝服）														○			
五古	出郊抵東屯（坐久）														○			
五古	鳴山書舍圖爲黃君伯淵賦														○			
五古	春草軒雨中懷王太史														○			
五古	次徐山人與倪雲林贈答														○			

詩體	詩　歌	雅頌正音	皇明詩選（沈）	皇明風雅	皇明詩抄	明音類選	古今詩刪	（續）國雅	明詩正聲（盧）	皇明詩統	明詩正聲（穆）	明詩選（華）	明詩選最	國朝名公	石倉	皇明詩選（陳）	明詩歸	
五古	蘭室爲袁省郎賦														○			
五古	題曹氏春江雲舍														○			
五古	蘿徑														○			
五古	茶軒														○			
五古	過立公房														○			
五古	送芑上人東歸														○			
五古	送王主簿之歸安														○			
五古	甪里村														○			
五古	西齋池上芙蓉														○			
五古	客有不樂者														○			
五古	送張文學之檇李														○			
五古	越來溪														○			
五古	南峰寺														○			
五古	寒泉														○			
五古	支遁庵														○			
五古	靈巖寺響屧廊														○			
五古	夜飲余左司宅得細字														○			
五古	劉凝之騎牛圖														○			

詩體	詩　歌	雅頌正音	皇明詩選（沈）	皇明風雅	皇明詩抄	明音類選	古今詩刪	（續）國雅	明詩正聲（盧）	皇明詩統	明詩正聲（穆）	明詩選（華）	明詩選最	國朝名公	石倉	皇明詩選（陳）	明詩歸	
五古	剡原九曲（山折）														○			
五古	剡原九曲（密篠）														○			
五古	剡原九曲（危梁）														○			
五古	懷徐七														○			
五古	獨步登西丘														○			
五古	柳絮														○			
五古	送蕭隱君自句曲經吳歸維揚														○			
五古	賦得眞娘墓送蟾上人之虎丘														○			
五古	送倪雅														○			
五古	秋日山中														○			
五古	陳氏秋容軒														○			
五古	雨中遣興														○			
五古	聞鐘														○			
五古	池上晚														○			
五古	醉歸夜醒聞雨														○			
五古	和張羽懷吳興舊游之作效其體														○			
五古	綠水園宴集														○			
五古	見耕者														○			

詩體	詩歌	雅頌正音	皇明詩選（沈）	皇明風雅	皇明詩抄	明音類選	古今詩刪	（續）國雅	明詩正聲（盧）	皇明詩統	明詩正聲（穆）	明詩選（華）	明詩選最	國朝名公	石倉	皇明詩選（陳）	明詩歸	
五古	雨中書湖上漁家壁														○			
五古	至蓮村														○			
五古	雨中登白蓮閣望故園														○			
五古	遊靈巖賦得越來溪														○			
五古	雨中客僧舍														○			
五古	東坡路上阻水														○			
五古	始聞夏蟬														○			
五古	將往海上舟行雨投僧舍														○			
五古	江上晚晴														○			
五古	冒雨暮歸過白沙湖														○			
五古	送袁憲史由湖廣調福建														○			
五古	曉卧丁校書軒														○			
五古	水上盥手														○			
五古	秋日端居														○			
五古	晚步游褚家竹亭														○			
五古	早發土橋														○			
五古	寓天界寺雨中登西關														○			
五古	送陳四秀才還吳														○			

詩體	詩　歌	雅頌正音	皇明詩選（沈）	皇明風雅	皇明詩抄	明音類選	古今詩刪	（續）國雅	明詩正聲（盧）	皇明詩統	明詩正聲（穆）	明詩選（華）	明詩選最	國朝名公	石倉	皇明詩選（陳）	明詩歸	
五古	送周四孝廉後酒醒夜聞鴈聲														○			
五古	洪武二年八月十三日元史成中書表進詔賜纂修之士一十八人銀幣且引對上獎諭擢授庶職老病者則賜歸于鄉閱二日中秋諸君以史事甫成而佳節適至又樂寵賜之優渥而惜同局之將違也乃即所寓天界佛寺之中庭致酒爲翫月之賞分韻賦詩以紀其事啓得衢字云														○			
五古	答定水寺芑公														○			
五古	過白鶴溪														○			
五古	始歸田園（辭秩）														○			
五古	答張院長雨中見懷														○			
五古	施澤阻風														○			
七古	贈金華（山）隱者	○	○												○			
七古	堂上歌（行）	○						○										
七古	（題唐）明皇（秉燭）夜遊圖		○												○			
七古	穆陵行（並引）		○		○	○												
七古	（觀）（唐昭宗賜）錢武穆（肅）王鐵（鐵）券（歌）		○	○	○	○												

詩體	詩　歌	雅頌正音	皇明詩選（沈）	皇明風雅	皇明詩抄	明音類選	古今詩刪	（續）國雅	明詩正聲（盧）	皇明詩統	明詩正聲（穆）	明詩選（華）	明詩選最	國朝名公	石倉	皇明詩選（陳）	明詩歸	
七古	夜飲丁氏（二）侃（宅聽（彈）琵琶）		○	○	○	○						○	○	○				
七古	覊旅行（馬頭）		○	○		○			○									沈・皇明詩選歸入樂府
七古	憶遠曲（楊子）		○	○	○	○		○	○	○				○				沈・皇明詩選歸入樂府
七古	王昭（明）君（明妃）（曲）		○	○		○		○		○		○	○	○	○			沈・皇明詩選歸入樂府
七古	里巫行		○															沈・皇明詩選歸入樂府
七古	將進酒			○		○				○		○	○	○				
七古	車遙遙			○											○			
七古	姑蘇臺			○	○	○				○		○	○	○				
七古	（謁）張中丞廟（延秋）			○		○												
七古	趙希遠畫宋抗（杭）京萬松金闕圖			○										○				
七古	太白三章				○	○				○		○	○				○	

詩體	詩　歌	雅頌正音	皇明詩選（沈）	皇明風雅	皇明詩抄	明音類選	古今詩刪	（續）國雅	明詩正聲（盧）	皇明詩統	明詩正聲（穆）	明詩選（華）	明詩選最	國朝名公	石倉	皇明詩選（陳）	明詩歸	
七古	悲歌（征途）				○	○	○			○		○					○	古今詩刪歸入樂府
七古	次韻答朱冠軍遊西城之作				○	○												
七古	吳中逢王（秀）才（隨朝（京）使赴燕）南歸				○	○		○	○	○	○			○				
七古	秋江曲送顧使君				○	○									○			
七古	鼜渠謠				○													
七古	美人撲蝶圖					○				○								
七古	董逃行					○												
七古	登陽山絕頂					○												
七古	鶴媒歌					○												
七古	石崇墓					○									○			
七古	登金陵雨花臺望大江					○												
七古	燕歌行							○	○		○							
七古	行路難（君不見盤中鯉）							○	○		○			○	○			
七古	猛虎行							○			○							
七古	野田行							○	○		○							
七古	大梁行							○			○							
七古	隴頭水							○										

詩體	詩歌	雅頌正音	皇明詩選（沈）	皇明風雅	皇明詩抄	明音類選	古今詩刪	（續）國雅	明詩正聲（盧）	皇明詩統	明詩正聲（穆）	明詩選（華）	明詩選最	國朝名公	石倉	皇明詩選（陳）	明詩歸	
七古	春江行							○							○		○	
七古	聞角吟							○										
七古	打麥詞							○										
七古	黑河秋雨引賦趙王孫家琵琶蓋其名也							○							○			
七古	初入京寓天界寺（西閣）對辛夷花懷徐七記室							○						○				
七古	與客飲西園花下							○										
七古	結客少年場行								○									
七古	香水溪									○					○			
七古	牧牛詞										○							
七古	養蠶詞										○				○			
七古	贈醉樵										○							
七古	南園行													○				
七古	寒夜吟														○		○	
七古	征婦怨														○			
七古	採茶詞														○			
七古	江上看花														○			
七古	謝陳山人贈其故弟長司所畫山水														○			

詩體	詩　歌	雅頌正音	皇明詩選（沈）	皇明風雅	皇明詩抄	明音類選	古今詩刪	（續）國雅	明詩正聲（盧）	皇明詩統	明詩正聲（穆）	明詩選（華）	明詩選最	國朝名公	石倉	皇明詩選（陳）	明詩歸	
七古	題武昌魏槃所藏畫														○			
七古	題韓長司所畫山水圖														○			
七古	夜發錢清														○			
七古	獨遊雲巖寄周砥														○			
七古	練圻老人農隱														○			
七古	嘗蒲桃酒歌														○			
七古	牀屏山水圖歌														○			
七古	方隱君山園														○			
七古	泉州陳氏婦夫泛海溺死守志														○			
七古	江上晚過鄰塢看花因憶南園舊游														○			
七古	贈丘老師														○			
七古	題朱氏梅雪軒														○			
七古	太湖石														○			
七古	客舍雨中聽江卿吹簫														○			
七古	長相思														○			
七古	春初來														○			
七古	憶昨行寄吳中諸故人															○		
七古	賣花詞																○	

詩體	詩　歌	雅頌正音	皇明詩選（沈）	皇明風雅	皇明詩抄	明音類選	古今詩刪	（續）國雅	明詩正聲（盧）	皇明詩統	明詩正聲（穆）	明詩選（華）	明詩選最	國朝名公	石倉	皇明詩選（陳）	明詩歸	
七古	張節婦詞																○	
三五雜言	烏夜村（荒村）														○		○	
五律	甘露寺		○												○			
五律	雪夜（宿）呈翰林（院）危宋二院長		○	○						○								
五律	過桓簡公廟		○															
五律	哭危臨川		○															
五律	送曾主簿赴廣東（之平樂）		○	○		○		○										
五律	夜訪？上人因宿西澗聽琴		○															
五律	送鮑翰林遷官陝右		○	○											○			
五律	京師寓廨（寂寞過芳）		○															
五律	哭周記室		○															
五律	過徐山人別墅		○															
五律	送陳則			○					○	○							○	
五律	送宿衛將出守鄧州			○			○		○	○						○		
五律	送舒徵士考禮畢歸四明			○														
五律	江上答徐卿見寄（贈）			○		○				○								
五律	送張司勳赴寶慶同知			○		○			○	○					○			

詩體	詩　歌	雅頌正音	皇明詩選（沈）	皇明風雅	皇明詩抄	明音類選	古今詩刪	（續）國雅	明詩正聲（盧）	皇明詩統	明詩正聲（穆）	明詩選（華）	明詩選最	國朝名公	石倉	皇明詩選（陳）	明詩歸	
五律	答陳則見寄			○											○			
五律	長門怨			○				○							○			
五律	雨雪（曲）			○				○	○									
五律	長安道				○	○	○	○	○	○		○	○					
五律	與劉將軍杜文學晚登西城				○	○												
五律	兵後田郭（俯仰）				○	○			○			○	○					
五律	送王禎（稹）赴大都				○	○				○								
五律	送謝恭				○	○			○	○		○	○			○		
五律	孤鴈					○												
五律	寄熹公					○						○						
五律	過戴居士宅					○				○								
五律	春日退直呈禁署諸公							○			○							
五律	客館秋懷							○			○							
五律	喜了上人見過							○			○			○				
五律	郊墅（野）雜賦（幽事）							○		○				○	○			
五律	郊墅（野）雜賦（入夜）							○		○				○	○			
五律	郊墅（野）（雜賦）（野色）							○		○	○	○	○	○				
五律	早春侍皇太子遊東苑池上呈青坊諸公							○						○				

詩體	詩　歌	雅頌正音	皇明詩選（沈）	皇明風雅	皇明詩抄	明音類選	古今詩刪	（續）國雅	明詩正聲（盧）	皇明詩統	明詩正聲（穆）	明詩選（華）	明詩選最	國朝名公	石倉	皇明詩選（陳）	明詩歸	
五律	晚次西陵館							○	○						○	○		
五律	送思上人							○										
五律	送前國（子）王助教歸臨川								○						○	○		
五律	送王秀才歸錢唐								○									
五律	和周山人見寄寒夜雪懷之作									○					○			
五律	江上寄王校書行														○	○		
五律	次韻過建平縣														○			
五律	雨篷														○			
五律	梧桐														○			
五律	圍棋														○			
五律	簟														○			
五律	流螢														○			
五律	錢塘送馬使君之吳中														○			
五律	城西客舍送周著作砥														○			
五律	西清對雨														○			
五律	寓天界寺														○			
五律	送前進士夏尙之歸宜春														○			
五律	送潘巡簡之閩中														○			

詩體	詩　歌	雅頌正音	皇明詩選（沈）	皇明風雅	皇明詩抄	明音類選	古今詩刪	（續）國雅	明詩正聲（盧）	皇明詩統	明詩正聲（穆）	明詩選（華）	明詩選最	國朝名公	石倉	皇明詩選（陳）	明詩歸	
五律	送朱從事之吳興														○			
五律	京師寓廨呈知巳（誰言）														○			
五律	贈張省郎														○			
五律	何隱居小墅														○			
五律	贈張明府														○			
五律	溪上														○			
五律	寄錢塘諸故友														○			
五律	題張靜居畫														○			
五律	送僧恬歸靈隱														○			
五律	微恙江館夜作														○			
五律	送柔上人得船字														○			
五律	中秋琵琶洲宴集得紅字														○			
五律	過劉山人園														○			
五律	送胡銓游會稽														○			
五律	鐘山雲齋圖														○			
五律	次韻陳留公見貽湖上行屯之作														○			
五律	鄰家桃花														○			
五律	和王較理夜坐														○			

詩體	詩　歌	雅頌正音	皇明詩選（沈）	皇明風雅	皇明詩抄	明音類選	古今詩刪	（續）國雅	明詩正聲（盧）	皇明詩統	明詩正聲（穆）	明詩選（華）	明詩選最	國朝名公	石倉	皇明詩選（陳）	明詩歸	
五律	宿道王蘭若														○			
五律	除夕客中與家兄守歲														○			
五律	西園閒興														○			
五律	步至東皐														○			
五律	郊墅雜賦（江水）														○			
五律	郊墅雜賦（移家）														○			
五律	郊墅雜賦（紛紛）														○			
五律	郊墅雜賦（路迂）														○			
五律	郊墅雜賦（欲沽）														○			
五律	臨頓里（沐罷）														○			
五律	夜起觀月														○			
五律	晚霞獨酌南樓														○			
五律	題宋迪晚煙歸舍圖														○			
六律	璚（瓊）姬墓					○	○		○			○	○					
七律	奉天殿進元史（詔預）		○	○														
七律	送易左丞（司）分省廣西		○												○			
七律	謁甫里先生祠		○															
七律	京師春望		○															

詩體	詩歌	雅頌正音	皇明詩選（沈）	皇明風雅	皇明詩抄	明音類選	古今詩刪	（續）國雅	明詩正聲（盧）	皇明詩統	明詩正聲（穆）	明詩選（華）	明詩選最	國朝名公	石倉	皇明詩選（陳）	明詩歸	
七律	送王錡檢校赴北平		○															
七律	吳僧日章（講師赴召）修蔣山普度佛事畢南歸贈別（既罷東歸送別）		○												○			
七律	江上晚眺懷王（宗常）著作		○			○		○		○				○				
七律	送（任）（伊）兵曹赴邊		○							○					○			
七律	歸田		○															
七律	送葉（見泰）判官赴高唐時（奉）使安南還（京）		○												○			
七律	范文正公祠			○														
七律	吊（題）子胥廟			○						○								
七律	清明呈館中諸公			○		○			○						○			
七律	送沈左司徒（從）汪參政分省陝西（汪由御史中丞出）			○		○	○		○	○		○	○		○	○	○	
七律	吳城感舊			○						○								
七律	登涵空閣			○				○						○				
七律	送鄭都司（赴大將軍行營）				○	○						○	○					
七律	梅花（瓊姿）				○	○	○		○	○		○	○		○		○	
七律	梅花（翠羽）				○	○				○					○			
七律	梅花（澹澹）				○	○				○		○	○		○		○	

詩體	詩歌	雅頌正音	皇明詩選（沈）	皇明風雅	皇明詩抄	明音類選	古今詩刪	（續）國雅	明詩正聲（盧）	皇明詩統	明詩正聲（穆）	明詩選（華）	明詩選最	國朝名公	石倉	皇明詩選（陳）	明詩歸	
七律	送榮陽公行邊（風捲）				○				○									
七律	寄題安慶城樓					○									○			
七律	春來					○												
七律	秋日江居寫懷（葭菼）					○												
七律	秋日江居寫懷（秋塘）					○												
七律	梅花（縞袂）					○				○		○	○		○			
七律	次韻俞士平見寄					○				○		○						
七律	京師秋（興）次謝太史韻							○		○								
七律	送鄰僧澹（淡）雲歸笠澤							○						○				
七律	陪姚參政（臨川公）遊天池（山）（騎馬）							○		○				○	○			
七律	送丕上人還四明育王寺							○							○			
七律	賦得寒山寺送別							○	○						○			
七律	聞朱將軍戰歿							○										
七律	晚登南岡望郡邑宮闕								○									
七律	送李使君鎮南昌								○									
七律	靈岩寺									○								
七律	漫成									○								
七律	梅花（斷魂）											○	○					

詩體	詩歌	雅頌正音	皇明詩選（沈）	皇明風雅	皇明詩抄	明音類選	古今詩刪	（續）國雅	明詩正聲（盧）	皇明詩統	明詩正聲（穆）	明詩選（華）	明詩選最	國朝名公	石倉	皇明詩選（陳）	明詩歸	
七律	蘆花簾														○		○	
七律	送何記室遊湖州														○		○	
七律	奉迎車駕享太廟還宮														○			
七律	九日陪諸閣老食賜糕次謝授經韻														○			
七律	送吳生赴汴省其父指揮														○			
七律	夜聞吳女誦經														○			
七律	遊南峰寺有支遁放鶴亭														○			
七律	次韻楊署令雨中卧疾														○			
七律	送何明府之秦郵														○			
七律	婁江寓舍喜王七隅見過卻送還郭														○			
七律	答呂山人見寄														○			
七律	送周省郎之海虞判官														○			
七律	贈林泉民張夢辰次張貞居外史韻														○			
七律	倚樓														○			
七律	送錢塘守														○			
七律	宿張氏江館														○			
七律	送李使君鎮海昌														○			
七律	賦得惠山泉送客遊越														○			

詩體	詩　歌	雅頌正音	皇明詩選（沈）	皇明風雅	皇明詩抄	明音類選	古今詩刪	（續）國雅	明詩正聲（盧）	皇明詩統	明詩正聲（穆）	明詩選（華）	明詩選最	國朝名公	石倉	皇明詩選（陳）	明詩歸	
七律	寄題張著作菁山隱居														○			
七律	喜逢賀叔庸送還錢塘														○			
七律	吳下聞梁賓客子天爵復送還會稽														○			
七律	江村														○			
七律	田園書事														○			
七律	靈巖寺														○			
七律	喜宋山人見過														○			
七律	上已有懷														○			
七律	過吳淞江風雨不可渡晚覓漁舟抵松陵官館														○			
七律	梅花（雲霧）														○			
七律	梅花（夢斷）														○			
七律	歸吳至楓橋														○			
七律	石牛														○			
五排	聖壽節（早朝）	○	○															
五排	甘露降宮庭柏樹	○	○															
五排	長洲苑					○								○				
五排	夏冰					○												
五排	月夜遊太湖										○							

詩體	詩　歌	雅頌正音	皇明詩選（沈）	皇明風雅	皇明詩抄	明音類選	古今詩刪	（續）國雅	明詩正聲（盧）	皇明詩統	明詩正聲（穆）	明詩選（華）	明詩選最	國朝名公	石倉	皇明詩選（陳）	明詩歸	
五排	冬至車駕南郊（駕動）													○				
五排	戲嬰圖（芍藥）													○				
五排	韓蘄王墓（宋室）													○				
五排	天平山（入山）													○	○			
五排	送鮑修撰出官關中														○			
五排	翫花池														○			
五排	詠夢														○			
五絕	題山水小幅		○															
五絕	得家書		○												○			
五絕	吳鈎行			○			○		○									
五絕	阿（呵）那瓌（牛羊）			○		○	○		○									
五絕	照鏡詞			○														
五絕	宛轉行			○														
五絕	團扇郎			○		○						○	○					
五絕	寄衣曲（賜袍）			○														
五絕	別呂隱君			○		○				○		○	○					
五絕	赴京道中逢還鄉友			○														
五絕	觀軍裝兩詠－刀			○			○		○									

詩體	詩　歌	雅頌正音	皇明詩選（沈）	皇明風雅	皇明詩抄	明音類選	古今詩刪	（續）國雅	明詩正聲（盧）	皇明詩統	明詩正聲（穆）	明詩選（華）	明詩選最	國朝名公	石倉	皇明詩選（陳）	明詩歸	
五絕	觀軍裝兩詠一袍			○														
五絕	要離墓			○														
五絕	（龍門）飛來峰（風吹）			○						○	○			○				
五絕	西園梨花唯開一枝			○														
五絕	淵源堂夜飲				○	○			○	○								
五絕	江上漫成					○												
五絕	夢中作					○									○			
五絕	碧玉歌						○		○									
五絕	蔡村田家							○			○				○			
五絕	西寺晚歸							○	○			○	○		○			
五絕	送人遊湘中							○										
五絕	林下（行）								○			○	○		○			
五絕	題雜畫（空山）								○									
五絕	題雜畫（欲尋）								○									
五絕	西陂								○									
五絕	曉發山棹								○									
五絕	卓筆峰									○								
五絕	自君之出矣											○	○					

詩體	詩歌	雅頌正音	皇明詩選（沈）	皇明風雅	皇明詩抄	明音類選	古今詩刪	（續）國雅	明詩正聲（盧）	皇明詩統	明詩正聲（穆）	明詩選（華）	明詩選最	國朝名公	石倉	皇明詩選（陳）	明詩歸	
五絕	黃氏延綠軒																○	
五絕	吐月峰														○			
五絕	題雜畫（夕陽）														○			
五絕	爲外舅周隱君題雜畫（斜陽）														○			
五絕	爲外舅周隱君題雜畫（白鶴）														○			
五絕	爲外舅周隱君題雜畫（落葉）														○			
五絕	爲外舅周隱君題雜畫（山深）														○			
五絕	江上酒家														○			
五絕	鴈														○			
五絕	寧眞道館夜觀茆隱君畫														○			
五絕	晚尋呂山人														○			
五絕	喜從兄遠歸														○			
六絕	楊氏山莊（庄）			○			○		○									
六絕	（陶秘書）（題）廣陵送別圖					○			○	○		○	○					
六絕	江村樂									○								
七絕	題虞學士賦鶴巢詩後		○															
七絕	客中聞吳歌		○							○								
七絕	宿蟾上人西閣		○															

詩體	詩　歌	雅頌正音	皇明詩選（沈）	皇明風雅	皇明詩抄	明音類選	古今詩刪	（續）國雅	明詩正聲（盧）	皇明詩統	明詩正聲（穆）	明詩選（華）	明詩選最	國朝名公	石倉	皇明詩選（陳）	明詩歸	
七絕	舟次丹陽驛		○												○			
七絕	題黃筌子母兔圖		○															
七絕	題韋蘇州詩		○							○								
七絕	送葛（郭）省郎東歸（桃葉）		○												○			
七絕	吳宮詞			○			○		○									
七絕	漢宮詞			○														
七絕	少年行（下直）			○		○	○	○	○	○	○				○			
七絕	館娃閣			○						○		○	○					
七絕	吳王井			○		○	○		○	○		○	○					
七絕	三高祠－范蠡（詞）（祠）（功名）			○						○		○	○					
七絕	三高祠－張翰			○						○								
七絕	三高祠－陸龜蒙			○						○								
七絕	銷夏灣			○														
七絕	宮女圖			○			○		○			○	○		○		○	
七絕	戴叔鸞入江夏山圖			○			○											
七絕	四皓			○														
七絕	詠史－晏嬰			○						○								
七絕	詠史－（張）儀（蘇）秦			○						○								
七絕	詠史－藺相如			○						○								

詩體	詩　歌	雅頌正音	皇明詩選（沈）	皇明風雅	皇明詩抄	明音類選	古今詩刪	（續）國雅	明詩正聲（盧）	皇明詩統	明詩正聲（穆）	明詩選（華）	明詩選最	國朝名公	石倉	皇明詩選（陳）	明詩歸	
七絕	江椒仕女圖			○														
七絕	口紅圖			○														
七絕	趙仲穆畫蘭			○														
七絕	除夜			○														
七絕	候朝					○												
七絕	宮詞						○											
七絕	洞房曲						○		○									
七絕	楚宮詞						○		○									
七絕	魏宮詞						○		○			○	○					
七絕	山中別寧公歸西塢						○		○						○			
七絕	方匡師畫						○											
七絕	江上偶見							○						○				
七絕	聞舊教坊人歌							○						○				
七絕	白傳湓浦圖								○									
七絕	送呂卿								○									
七絕	雨中過（雞籠）山									○					○			
七絕	楓橋									○								
七絕	將赴金陵始出閶門（烏啼）									○								

詩體	詩歌	雅頌正音	皇明詩選（沈）	皇明風雅	皇明詩抄	明音類選	古今詩刪	（續）國雅	明詩正聲（盧）	皇明詩統	明詩正聲（穆）	明詩選（華）	明詩選最	國朝名公	石倉	皇明詩選（陳）	明詩歸	
七絕	將赴金陵始出閶門（烟月）									○								
七絕	雲山樓閣圖										○				○			
七絕	次韻張仲和春月漫興										○							
七絕	二喬觀兵書圖										○				○			
七絕	期袁卿見過因出失值寄詩謝之										○							
七絕	期諸友看范園杏花風雨不果										○							
七絕	涼州詞（關外）															○		
七絕	宿蟾公房																○	
七絕	秋柳																○	
七絕	過保聖寺														○			
七絕	過山家														○			
七絕	雨中春望														○			
七絕	逢吳秀才復送歸江上														○			
七絕	次韻春日漫興（水邊）														○			
七絕	偶睡														○			
七絕	舟歸江上過斜塘														○			
七絕	秋江晚渡圖														○			
七絕	送郭省郎東歸（金陵）														○			

詩體	詩歌	雅頌正音	皇明詩選（沈）	皇明風雅	皇明詩抄	明音類選	古今詩刪	（續）國雅	明詩正聲（盧）	皇明詩統	明詩正聲（穆）	明詩選（華）	明詩選最	國朝名公	石倉	皇明詩選（陳）	明詩歸	
七絕	送郭省郎東歸（桃葉）														○			
七絕	客中憶二女														○			
七絕	讀史－袁安														○			
七絕	江行														○			
七絕	背面美人圖														○			
七絕	風雨早朝														○			
七絕	江上雨中														○			
七絕	過北莊訪友														○			
七絕	宣和所題畫														○			
七絕	送徐山浩師還郭（欲共）														○			
七絕	紅梅														○			
七絕	題桂花美人														○			
七絕	送李丞之歸安														○			
七絕	田舍夜春														○			
七絕	讀周記室荊南集														○			
七絕	贈眞上人														○			
七絕	題道上人墨梅														○			
七絕	元夕聞城中放燈寄諸友														○			

詩體	詩歌	雅頌正音	皇明詩選（沈）	皇明風雅	皇明詩抄	明音類選	古今詩刪	（續）國雅	明詩正聲（盧）	皇明詩統	明詩正聲（穆）	明詩選（華）	明詩選最	國朝名公	石倉	皇明詩選（陳）	明詩歸	
七絕	題瀑布泉														○			
七絕	春睡圖														○			
七絕	巨然小景														○			
七絕	中秋無月無酒														○			
七絕	慰人悼亡														○			
五言聯句	蓮房聯句		○															
五言聯句	病柏聯句		○															

六、浦　源

詩體	詩歌	皇明風雅	皇明詩抄	明音類選	古今詩刪	（續）國雅	明詩正聲（盧）	皇明詩統	明詩正聲（穆）	明詩選（華）	明詩選最	國朝名公	石倉	皇明詩選（陳）	明詩歸
		2	8	8	1	4	6	17	2	3	3	2	43	1	1
七古	送王濟民歸盤谷		○	○		○	○	○				○	○		

詩體	詩　　歌	皇明風雅	皇明詩抄	明音類選	古今詩刪	（續）國雅	明詩正聲（盧）	皇明詩統	明詩正聲（穆）	明詩選（華）	明詩選最	國朝名公	石倉	皇明詩選（陳）	明詩歸
七古	贈別沈校（較）書		○	○				○					○		
五律	（送）（秋江送別）馬明府歸田	○		○				○					○		
五律	懷何士信謫西河				○								○	○	
五律	秀野軒						○								
五律	和于先生韻							○					○		
五律	贈張穎州							○					○		
五律	春夜聞雁（笛）							○					○		
五律	送丘舍人（上舍）之邊上							○					○		
五律	送師侯鎮六安												○		
五律	過星軺館												○		
五律	春日旅懷												○		
七律	送人之荊門	○	○	○		○	○	○	○	○	○		○		
七律	送賈文學入京		○	○				○					○		
七律	寄（送）楊先（生）歸穎上		○					○					○		
七律	贈別謝秀才		○					○					○		
七律	送包鶴州東歸		○					○					○		
七律	西城晚眺			○						○	○		○		
七律	挽高季迪			○									○		

詩體	詩歌	皇明風雅	皇明詩抄	明音類選	古今詩刪	（續）國雅	明詩正聲（盧）	皇明詩統	明詩正聲（穆）	明詩選（華）	明詩選最	國朝名公	石倉	皇明詩選（陳）	明詩歸
七律	寄袁二					○	○	○	○				○		
七律	瓊姬（妃）墓							○					○		○
七律	送人還鄉						○						○		
七律	贈徐御史												○		
七律	送荊南師戶侯移鎮兵安												○		
七律	阻風清河縣												○		
七律	送王二歸山中												○		
七律	送高驛丞朝京												○		
七律	贈趙王孫												○		
七律	重居寺雨後次初上人韻												○		
七律	林膳部鴻浮亭夜飲（林七員外園亭夜集得河字）												○		
七律	宿道上人山房												○		
七律	懷友												○		
七律	和馬秀才先歸												○		
七律	贈王鍊師												○		
七絕	并州寒食		○	○				○		○	○		○		
七絕	題青山白雲圖					○		○				○			
七絕	題張生舊館						○						○		

詩體	詩歌	皇明風雅	皇明詩抄	明音類選	古今詩刪	（續）國雅	明詩正聲（盧）	皇明詩統	明詩正聲（穆）	明詩選（華）	明詩選最	國朝名公	石倉	皇明詩選（陳）	明詩歸
七絕	題畫							○					○		
七絕	題趙昌所畫御屏牡丹												○		
七絕	題明妃出塞圖												○		
七絕	客舍中秋不見月												○		
七絕	酬干秀才												○		
七絕	秋夜聞角												○		
七絕	除夜客懷												○		
七絕	竹枝詞												○		

七、林　鴻

詩體	詩歌	皇明風雅	皇明詩抄	明音類選	古今詩刪	（續）國雅	明詩正聲（盧）	皇明詩統	明詩正聲（穆）	明詩選（華）	明詩選最	國朝名公	石倉	皇明詩選（陳）	明詩歸
		16	3	17	4	21	22（19）	37	17	7	7	4	102	2	6
五古	感秋（撫劍）	○		○				○	○				○		

詩體	詩歌	皇明風雅	皇明詩抄	明音類選	古今詩刪	（續）國雅	明詩正聲（盧）	皇明詩統	明詩正聲（穆）	明詩選（華）	明詩選最	國朝名公	石倉	皇明詩選（陳）	明詩歸
五古	秋江獨釣圖（清飆）	○													
五古	答黃逸人	○		○				○							
五古	江閣秋雲圖	○		○		○	○	○		○	○		○		
五古	富春釣臺					○			○						
五古	金雞巖僧室					○			○				○		
五古	秋夜憶周模					○			○						
五古	寄龍大潛效韋體					○			○						
五古	遊芙蓉峰					○	○								
五古	指佞草					○									
五古	送吳士顯					○									
五古	雲林清隱					○	○					○			
五古	寄衣曲							○					○		
五古	飲酒														○
五古	道中偶詠												○		○
五古	擬古（迢迢）												○		
五古	擬古（翩翩）												○		
五古	感秋（秋氣）												○		
五古	感秋（四時）												○		

詩體	詩　歌	皇明風雅	皇明詩抄	明音類選	古今詩刪	(續)國雅	明詩正聲(盧)	皇明詩統	明詩正聲(穆)	明詩選(華)	明詩選最	國朝名公	石倉	皇明詩選(陳)	明詩歸
五古	無諸釣龍臺懷古（無諸昔）												○		
五古	塞下曲（交河）												○		
五古	春日首陽懷古												○		
五古	驅車篇送張志道奉親柩歸清漳												○		
五古	海上讀書												○		
五古	同周秀才玄與東白明遠二上人期宿芝山不至												○		
五古	泛舟西江												○		
五古	寄丘令												○		
五古	曉登金鷄山呈王六博士												○		
五古	岷峨秋晚												○		
五古	贈彈琴黃生												○		
五古	送黃秀才歸西鏞												○		
五古	同周孝廉夜宿郡庠有述												○		
五古	同王六博士烟霞觀												○		
五古	同王六入西山尋白雲僧												○		
五古	題徐濆湘潭離思圖												○		
五古	同鄭二宣江上泛舟												○		

詩體	詩歌	皇明風雅	皇明詩抄	明音類選	古今詩刪	（續）國雅	明詩正聲（盧）	皇明詩統	明詩正聲（穆）	明詩選（華）	明詩選最	國朝名公	石倉	皇明詩選（陳）	明詩歸
五古	題秋江漁釣圖（移舟）												○		
五古	海門秋望												○		
五古	齋中曉起												○		
五古	登清泠臺												○		
五古	題異上人絓月軒												○		
七古	雪蓬散人草書歌	○						○							
七古	經綺岫故宮	○	○	○				○	○	○	○		○		○
七古	賦得獨樹邊淮送人之京			○				○							
七古	夜（月）聞李生彈箏歌		○	○											
七古	寄蔡殷						○								
七古	贈浮丘生（山）						○						○		
七古	賦得無諸城送浦舍人源歸晉陽（君不見）						○						○		
七古	送林子山之閩中覲親												○		
七古	過高逸人別墅												○		
七古	鐔上送僧歸衡山												○		
七古	初秋送友人之冶城賦得把字												○		
七古	義象行							○							

詩體	詩歌	皇明風雅	皇明詩抄	明音類選	古今詩刪	（續）國雅	明詩正聲（盧）	皇明詩統	明詩正聲（穆）	明詩選（華）	明詩選最	國朝名公	石倉	皇明詩選（陳）	明詩歸
五律	出塞曲（從軍）	○		○											
五律	出塞曲（玉關）	○			○										
五律	送侯（候）官張少府調青田	○		○				○							
五律	題福山寺陳鉉（玹）讀書堂	○			○	○	○					○	○		
五律	憶鄭二宣時往交州	○		○				○					○		
五律	宿雲門寺			○				○		○	○		○		
五律	月					○			○			○			
五律	憶浮丘生					○		○	○						
五律	送韋戶侯伯俊					○			○			○	○		
五律	送蔡大往汝州尋弟					○		○							
五律	出塞曲（單于）					○	○		○				○		
五律	出塞曲（十五）					○	○								
五律	送高郎中使北（漢使）					○									
五律	送陳鍊師歸龍虎山					○									
五律	江上寄巴東故人						○	○	○				○		
五律	出塞曲（玉關）						○							○	
五律	出塞曲（烟塵）						○						○		

詩體	詩歌	皇明風雅	皇明詩抄	明音類選	古今詩刪	（續）國雅	明詩正聲（盧）	皇明詩統	明詩正聲（穆）	明詩選（華）	明詩選最	國朝名公	石倉	皇明詩選（陳）	明詩歸
五律	同徐總戎登汴梁相國寺樓						○						○		
五律	別鄭處士						○								
五律	出塞曲（從軍）							○							
五律	擬太和公主和番							○							
五律	題碧蘿山房								○						
五律	出塞曲（衛霍）													○	
五律	出塞曲（壯遊）												○		
五律	訪邵隱君所居												○		
五律	遊天王寺得王字												○		
五律	九日登臨												○		
五律	龍山亭												○		
五律	行腳僧												○		
五律	送黃令之永寧												○		
五律	遊方廣巖												○		
五律	秋日登石壁精舍												○		
五律	題夕陽孤棹送鄭二之交州												○		
五律	送絕塵上人遊江南												○		

詩體	詩歌	皇明風雅	皇明詩抄	明音類選	古今詩刪	（續）國雅	明詩正聲（盧）	皇明詩統	明詩正聲（穆）	明詩選（華）	明詩選最	國朝名公	石倉	皇明詩選（陳）	明詩歸
七律	春（日）遊東苑應制	○	○	○	○	○	○	○	○	○	○		○		
七律	春日陪車（從）駕（幸）登蔣山	○		○		○	○	○							
七律	登岳陽樓	○		○				○							
七律	題中天樓觀畫	○		○				○		○	○				
七律	邑江蘭若送浦舍人歸晉陵（陽）（離亭）	○						○							
七律	和張考功春日早朝遇雪			○				○					○		
七律	賦得垂楊送客			○		○	○	○	○	○	○		○		
七律	浮亭風雨夜集憶鄭二宣						○						○		
七律	與黃一秀才雨夜小集憶鄭宣（香爐）							○							
七律	（題）秋江離思圖（粵城）							○					○		
七律	送高書記之邊							○					○		
七律	晚日杉關							○					○		
七律	送魏萬之安西							○							
七律	畢公房							○							
七律	留別高八逸人							○							
七律	與陳八參軍夜飲話舊							○							
七律	雪夜張尚書籌招飲以事不赴												○		

詩體	詩歌	皇明風雅	皇明詩抄	明音類選	古今詩刪	（續）國雅	明詩正聲（盧）	皇明詩統	明詩正聲（穆）	明詩選（華）	明詩選最	國朝名公	石倉	皇明詩選（陳）	明詩歸
七律	采石磯												○		
七律	送人入蜀												○		
七律	秋江別思圖（無諸）												○		
七律	將歸冶城留別陳八炫林六敏												○		
七律	憶龍門高逸人												○		
七律	送浦大歸晉陽分得衣字												○		
七律	送宮人入道（溫泉）												○		
七律	送宮人入道（大家）												○		
七律	江上送王悅歸關中												○		
七律	送朗上人歸匡廬												○		
七律	歸冶城辱羣公追餞至江心亭												○		
七律	送僧遊蜀												○		
七律	夏日與諸公至絓月蘭若												○		
七律	秋夜浦舍人見宿園亭分得天字												○		
七律	老卒還田里												○		
七律	送惠師歸東山別業												○		
七律	賦得羅浮山送人之任												○		

詩體	詩歌	皇明風雅	皇明詩抄	明音類選	古今詩刪	（續）國雅	明詩正聲（盧）	皇明詩統	明詩正聲（穆）	明詩選（華）	明詩選最	國朝名公	石倉	皇明詩選（陳）	明詩歸
七律	浮亭夜集寄華故人												○		
七律	送林一歸山中												○		
七律	擬送馬秀才下第歸江南												○		
五排	挽理上人			○											
五排	賦得征馬嘶送李將軍出塞								○						
五排	冬日同林秀才遊衍眞觀								○						
五排	同黃貢士登清泠臺翫月								○						
五排	重遊宿雲臺憶宿上人														○
五排	中秋凌霄臺翫月												○		
五排	九日登翠簾山												○		
五排	王屋山天壇												○		
五排	劍閣秋陰圖												○		
五排	重遊宿雲臺憶肅上人												○		
五絕	流沙江夜泛												○		
七絕	題朱舍人爲史太守寫（梧）竹				○		○	○							
七絕	將歸海上群公相餞至龍津							○							
七絕	夢仙							○							

詩體	詩歌	皇明風雅	皇明詩抄	明音類選	古今詩刪	（續）國雅	明詩正聲（盧）	皇明詩統	明詩正聲（穆）	明詩選（華）	明詩選最	國朝名公	石倉	皇明詩選（陳）	明詩歸
七絕	下山尋朱繼							○							○
七絕	早行							○							
七絕	題（吳江）垂虹橋							○		○	○		○		
七絕	放歸言志												○		○
七絕	寄周隱者												○		
七絕	曉行												○		
七絕	將之鐔城留別冶城諸彥（冬青）												○		
七絕	溪山春曉												○		
七絕	題竹（醉墨）												○		
七絕	題小景圖												○		
七絕	題牧牛圖												○		
七絕	平林歸牧												○		
七絕	竹枝詞（吳王）												○		

八、王　恭

詩體	詩　歌	皇明風雅	皇明詩抄	明音類選	古今詩刪	（續）國雅	明詩正聲（盧）	皇明詩統	明詩正聲（穆）	明詩選（華）	明詩選最	國朝名公	石倉	皇明詩選（陳）	明詩歸
		21	1	5	2	13	32	39	12	8	8	8	148	2	2
五古	送別						○	○							
五古	題畫（扇面）（山空）							○					○		
五古	舟經彭蠡						○								
五古	獨酌言懷						○								
五古	經友人故宅						○						○		
五古	遊天台國清寺												○		
五古	擬古（明月）												○		
五古	秋日山行												○		
五古	仲秋送人之塞上												○		
五古	雨夜舟中作												○		
五古	林思器席上燕別高漫士得思字												○		
五古	與同志汎舟得浄字												○		
五古	九月一日過崇信蘭若												○		
五古	清江散人爲林孔逸寫前林過雨圖												○		
五古	題畫（鶡冠）												○		

詩體	詩歌	皇明風雅	皇明詩抄	明音類選	古今詩刪	（續）國雅	明詩正聲（盧）	皇明詩統	明詩正聲（穆）	明詩選（華）	明詩選最	國朝名公	石倉	皇明詩選（陳）	明詩歸
五古	書金碧山水												○		
五古	題高漫士（山水圖）（山郭雨新）												○		
五古	虛白子水墨圖爲陳思孝題												○		
五古	老將行（生小）												○		
五古	銅雀妓												○		
五古	秋塘曲												○		
五古	暮秋過陳氏園林												○		
五古	舟次鐔津												○		
五古	送林漢孟遊溫陵												○		
五古	方壺漁隱圖												○		
五古	題鄭氏家藏古畫（涼雨）												○		
五古	書周造士扇頭												○		
五古	賦得凌霄花寄友人												○		
五古	梅城小景												○		
五古	題東華觀壁												○		
五古	古鏡												○		
五古	畫靈山法堂												○		
七古	登泰山（飛仙）		○	○				○							

詩體	詩歌	皇明風雅	皇明詩抄	明音類選	古今詩刪	（續）國雅	明詩正聲（盧）	皇明詩統	明詩正聲（穆）	明詩選（華）	明詩選最	國朝名公	石倉	皇明詩選（陳）	明詩歸
七古	夷門懷古						○								
七古	題陸太守瞿塘日暮畫							○							
七古	賦得函關送人入秦							○							
七古	陳思孝石田山房												○		
七古	題張師夔木石												○		
七古	書香山九老圖												○		
七古	送林彥衡子婿遊漢赴嘉禾吉期												○		
七古	箏人勸酒												○		
七古	妾薄命												○		
七古	歌行奉餞閭守姑蘓陸公秩滿之京												○		
七古	書樂邑長史高凉黃公性成六平清致												○		
七古	書陳思中鐘山草堂												○		
七古	書高漫士爲道人遊月窗作水墨圖												○		
七古	送憲吏鄭彥林考滿赴吏部												○		
七古	書梅江陳汝疇家藏古畫												○		
七古	贈溫陵王玉堅遊京師												○		
七古	題水墨小景（江城）												○		
七古	書漁樵耕牧四畫（石田）												○		

詩體	詩歌	皇明風雅	皇明詩抄	明音類選	古今詩刪	（續）國雅	明詩正聲（盧）	皇明詩統	明詩正聲（穆）	明詩選（華）	明詩選最	國朝名公	石倉	皇明詩選（陳）	明詩歸
七古	書漁樵耕牧四畫（耕童）												○		
七古	題馬自牧水墨山水												○		
七古	鷓鴣啼懷林十二謫後												○		
七古	霜天曉角												○		
七古	海上贈別駕馬英												○		
七古	雞公壟												○		
七古	洗馬潭												○		
七古	山中喜故人繡衣使者見過												○		
七古	聞笛歌送人之塞上												○		
七古	寄宿田家												○		
七古	羽林少年行												○		
七古	送人復雷陽軍												○		○
七古	送林彥賓重廬州省兄												○		
七古	（古）從軍行（少小事嫖姚）												○		
七古	空江秋笛浮丘鄭助教索予賦之												○		
七古	東樓歌												○		
七古	爲陳必尙題山水圖												○		
七古	龍龕燕集并序												○		

詩體	詩　　歌	皇明風雅	皇明詩抄	明音類選	古今詩刪	（續）國雅	明詩正聲（盧）	皇明詩統	明詩正聲（穆）	明詩選（華）	明詩選最	國朝名公	石倉	皇明詩選（陳）	明詩歸
五律	夏夜曲	○		○		○		○							
五律	題黃聲玉（王）環青（清）樓	○		○									○		
五律	昭君怨					○			○				○		
五律	寒林（村）訪隱者					○	○					○			
五律	宮人入道					○						○			
五律	塞下曲（百戰）					○							○		
五律	題無諸廟壁						○								
五律	春莫田家（野藤）						○								
五律	塞下曲（十二）						○								
五律	江樓聞笛						○								
五律	送人從海城軍						○								
五律	老將（髮白）							○							
五律	塞下曲（雲中）												○		
五律	塞下曲（鐵騎）												○		
五律	金陵送人落第歸江南												○		
五律	梅江夜泊												○		
五律	客中聞子規（關路）												○		
五律	古鏡												○		

詩體	詩歌	皇明風雅	皇明詩抄	明音類選	古今詩刪	（續）國雅	明詩正聲（盧）	皇明詩統	明詩正聲（穆）	明詩選（華）	明詩選最	國朝名公	石倉	皇明詩選（陳）	明詩歸
五律	松寺清秋												○		
五律	經漂母墓												○		
五律	送林山人入城												○		
五律	書谷口雲深圖												○		
五律	擬唐祖詠題韓少府水亭												○		
五律	擬唐祖詠蘇氏別業												○		
五律	送人奉使市馬												○		
五律	夏日遊碁山寺（載酒）												○		
五律	送中州林逸人歸龍塘												○		
五律	梅江送林澤中歸嶼南												○		
五律	客中見新燕												○		
五律	書陳思孟家藏古畫（絕壁）												○		
五律	九日												○		
五律	三谿贈（似）陳澄清												○		
五律	送盧紀造士入京												○		
五律	夏日遊靈瑞寺（鶴石）												○		
五律	送人奉使日本												○		
五律	晚過龍門渡因訪高漫士												○		

詩體	詩　　歌	皇明風雅	皇明詩抄	明音類選	古今詩刪	（續）國雅	明詩正聲（盧）	皇明詩統	明詩正聲（穆）	明詩選（華）	明詩選最	國朝名公	石倉	皇明詩選（陳）	明詩歸
五律	過皇恩舊寺僧錫京行廊廡蕭然徘徊而還												○		
五律	秋江送客（殘柳）												○		
五律	送人使邊												○		
五律	老將還鄉												○		
五律	夜塞曲												○		
五律	暮秋太常峰掃松楸												○		
五律	梅江送林中洲歸												○		
七律	吳城懷古	○		○			○	○		○	○		○		
七律	送王孟揚（陽）使交阯（趾）	○						○							
七律	送（別）嚴主簿罷（棄）官歸黃州（長沙）	○						○							
七律	夏夜陳主簿過宿			○											
七律	賦得白燕（雁、鴈）送人之金陵					○	○	○	○				○		
七律	爲林中洲題馬圖						○		○						
七律	別陳志鴻罷官歸（得官）						○								
七律	江南春盡有作						○								
七律	題蕭將軍家藏山水圖							○							
七律	楚山秋色送秦校尉還觀海軍							○							
七律	爲樵僧閑雲軒							○							

詩體	詩歌	皇明風雅	皇明詩抄	明音類選	古今詩刪	（續）國雅	明詩正聲（盧）	皇明詩統	明詩正聲（穆）	明詩選（華）	明詩選最	國朝名公	石倉	皇明詩選（陳）	明詩歸
七律	送解學士之官廣西參議							○							
七律	書建寧寺宣城芮公敬亭山房							○							
七律	題鄭可久遊建溪卷（谷口）							○							
七律	寒夜宴別陳叔晦（縣城）							○							
七律	爲陳穀駿賦東墅閒居							○					○		
七律	寄玉融鄭三秀才								○						
七律	送人貶海南												○		
七律	和林孔逸見寄之作												○		
七律	寒夜宴別陳叔晦得霜字												○		
七律	送林彥賔之淮上省兄												○		
七律	留別馮公魯兄弟												○		
七律	近體留別楊二高隱客三山												○		
七律	寄蔣節庵鍊師												○		
七律	寄曾伯剛趙景哲												○		
七律	送別林彥時之建上												○		
七律	送兵衛從事考滿赴銓												○		
七律	廣陵懷古												○		
七律	用韻答林大												○		

詩體	詩歌	皇明風雅	皇明詩抄	明音類選	古今詩刪	（續）國雅	明詩正聲（盧）	皇明詩統	明詩正聲（穆）	明詩選（華）	明詩選最	國朝名公	石倉	皇明詩選（陳）	明詩歸
七律	答梅江陳以方												○		
七律	秋日留別劉大（十年）												○		
七律	秋日留別劉大（年少）												○		
七律	梅城夜泊												○		
七律	行次海上												○		
七律	送友人流西源												○		
七律	白雲庵												○		
七律	寄劉三知己												○		
七律	擬王摩詰積雨輞川莊上												○		
七律	送王董教歸沔陽												○		
七律	孟夏山居												○		
七律	擬唐韓君平送長沙李少府入蜀												○		
七律	寄博羅林董教												○		
七律	秋過紫雲洞												○		
七排	夏日遊碁山寺燕集（塵中）								○						
七排	賦得銕（鐵）甕城送劉御使省親歸（閩）（圖）（山遶）						○			○	○	○			
五絕	送別（劉）逸人還中山	○						○							
五絕	聞漁笛（漁人）	○						○							

詩體	詩歌	皇明風雅	皇明詩抄	明音類選	古今詩刪	(續)國雅	明詩正聲(盧)	皇明詩統	明詩正聲(穆)	明詩選(華)	明詩選最	國朝名公	石倉	皇明詩選(陳)	明詩歸
五絕	鷓鴣	○				○	○	○	○	○	○	○	○		
五絕	草色	○						○							
五絕	苔	○						○							
五絕	陳滄州遊方廣岩不果行	○						○							
五絕	送老兵還鄉	○					○	○							
五絕	初秋尋烏石蘭若	○						○							
五絕	訪鄧山人						○								
五絕	古柳堤						○								
五絕	題葡萄								○						
五絕	書陳平叔山水扇頭									○	○		○		
五絕	秋獵													○	
五絕	滄洲十詠－綠湖												○		
六絕	題（水墨）小景（偶題）（白鷗）	○			○		○			○	○				
六絕	偶題（小艇）						○								
六絕	偶題（出岫）						○								
七絕	題張良歸山（圖）	○						○							
七絕	步虛詞	○			○		○	○						○	
七絕	新燕（海燕）	○				○		○				○			

詩體	詩歌	皇明風雅	皇明詩抄	明音類選	古今詩刪	（續）國雅	明詩正聲（盧）	皇明詩統	明詩正聲（穆）	明詩選（華）	明詩選最	國朝名公	石倉	皇明詩選（陳）	明詩歸
七絕	山窗夜雨	○				○	○	○							
七絕	月下聞箏	○						○							
七絕	方池霽月爲林執中賦（海雲飛）	○						○							
七絕	書王孫射鴈（雁）圖	○						○							
七絕	長信宮落花					○			○						
七絕	老馬					○			○			○			
七絕	題梨花斑鳩圖					○						○			
七絕	詠白頭公鳥（竹下）					○						○			
七絕	聞子規（枝上）						○			○	○				
七絕	海城秋晚						○								
七絕	客舍聞擣衣						○								
七絕	僧房秋晚（夜）						○						○		
七絕	春鴈（春風）						○								
七絕	古寺						○								
七絕	漁笛（扁舟）							○							
七絕	秋江送別（江亭）							○							
七絕	輓道士							○							○
七絕	村居（草徑）							○							

詩體	詩歌	皇明風雅	皇明詩抄	明音類選	古今詩刪	（續）國雅	明詩正聲（盧）	皇明詩統	明詩正聲（穆）	明詩選（華）	明詩選最	國朝名公	石倉	皇明詩選（陳）	明詩歸
七絕	老漁（生事）							○					○		
七絕	題方壺道人山房（洞門）								○						
七絕	秋山（絕頂）								○						
七絕	爲鄭彥林題牧圖（躑躅）								○						
七絕	送劉伯儒侍御謫嶺南									○	○				
七絕	羌笛（雲淨）									○	○		○		
七絕	蘭亭懷古（祓禊）												○		
七絕	詠秋風（青蘋）												○		
七絕	挽方山闡維那（雙樹）												○		
七絕	詠秋風（朝來）												○		
七絕	二喬圖												○		
七絕	春山欲雨圖												○		
七絕	雪灘鸂鶒												○		
七絕	早寒												○		
七絕	臺城送客之廣陵												○		
七絕	憶山中精舍												○		
七絕	野航風雨												○		
七絕	送人歸蜀（蜀棧）												○		

詩體	詩歌	皇明風雅	皇明詩抄	明音類選	古今詩刪	（續）國雅	明詩正聲（盧）	皇明詩統	明詩正聲（穆）	明詩選（華）	明詩選最	國朝名公	石倉	皇明詩選（陳）	明詩歸
七絕	題秋江待渡扇面												○		
七絕	折荼蘼												○		
七絕	碧筩飲												○		
七絕	雨後秋山												○		
七絕	客中見新雁												○		

九、曾　棨

詩體	詩歌	皇明風雅	皇明詩抄	明音類選	古今詩刪	（續）國雅	明詩正聲（盧）	皇明詩統	明詩正聲（穆）	明詩選（華）	明詩選最	國朝名公	石倉	皇明詩選（陳）	明詩歸
		13	1	14	2	16	13	20	5	2	1	1	78	5	1
五古	冬日扈從還（南京隨駕出麗正門）馬上作（朝隨）	○	○	○				○					○		
五古	三月二（十）日舟次開河同胡祭酒鄒侍講登崖（岸）散步長林曠野桑麻蓊然因至田家各賦一詩而去（郊行）	○		○				○				○	○		

詩體	詩歌	皇明風雅	皇明詩抄	明音類選	古今詩刪	（續）國雅	明詩正聲（盧）	皇明詩統	明詩正聲（穆）	明詩選（華）	明詩選最	國朝名公	石倉	皇明詩選（陳）	明詩歸
五古	雜詩（鉅都）	○													
五古	古詩（芳晨）						○								
五古	北斗篇												○		
五古	涼風篇												○		
五古	癸巳三月十三日扈從之北京舟發石城門外賦呈同行諸公												○		
七古	天廄神兔（馬）歌	○		○			○						○		
七古	車駕北征送右諭德金公扈從	○		○			○	○					○		
七古	銅爵瓦硯歌	○		○									○		
七古	姚少師所藏八駿圖	○						○					○	○	
七古	燉煌曲	○		○		○									
七古	龍支行	○		○		○		○							
七古	邯鄲曲			○									○		
七古	題楊諭德所藏王孟端瀟湘萬竹圖				○		○						○		
七古	酒壚行					○			○				○		
七古	行路難					○									
七古	薊門老婦行						○						○		
七古	女兒港繫舟							○							

詩體	詩歌	皇明風雅	皇明詩抄	明音類選	古今詩刪	（續）國雅	明詩正聲（盧）	皇明詩統	明詩正聲（穆）	明詩選（華）	明詩選最	國朝名公	石倉	皇明詩選（陳）	明詩歸
七古	陳員外奉使西域周寺副席中道別長句												○	○	
七古	送兄復先還戍遼東												○		
七古	寒夜曲												○		
七古	題趙松雪三十九馬圖												○		
七古	樓山風木圖爲山西僉憲余丈題												○		
七古	車遙遙												○		
五律	過劉伶宅	○		○			○	○					○		○
五律	淮南舟中							○					○	○	
五律	望岳												○		
五律	庚寅元夕午門侍宴觀燈												○		
五律	二十一日發汶上馬驚失墜損傷有旨留濟寧療病水路回京寓宿城東鐵塔寺消悶賦此錄謝王蔣二太守明會上人（因病）												○		
五律	二十一日發汶上馬驚失墜損傷有旨留濟寧療病水路回京寓宿城東鐵塔寺消悶賦此錄謝王蔣二太守明會上人（寂歷）												○		
五律	舟中雜興和王修撰時彥韻												○		
五律	贈周崇晉省兄還家												○		
七律	車駕渡江	○		○	○		○	○					○	○	

詩體	詩　歌	皇明風雅	皇明詩抄	明音類選	古今詩刪	(續)國雅	明詩正聲(盧)	皇明詩統	明詩正聲(穆)	明詩選(華)	明詩選最	國朝名公	石倉	皇明詩選(陳)	明詩歸
七律	東華門內新館初成入直有作	○					○	○					○		
七律	南昌古蹟十詠－梅眞觀	○						○							
七律	項羽廟			○		○	○	○		○	○		○		
七律	維揚（楊）懷古和（胡）祭酒韻			○				○		○			○		
七律	北京八景－居庸關（疊翠）			○				○					○	○	
七律	送陳司封使哈烈			○			○	○					○		
七律	海子橋					○			○				○		
七律	蓮花燈次胡庶子韻					○			○				○		
七律	訪竺臺琇上人故居					○									
七律	得周編修書兼柬兩京諸同年					○							○		
七律	元夕午門觀燈侍宴和鄒侍講韻					○									
七律	送彭巡檢子韶赴關清兼示光澤舍弟					○									
七律	冬日扈從獵龍山同遊牛首山佛窟寺和胡學士（數聲）					○							○		
七律	蟬					○									
七律	送陳郎中重使西域（雕輪）					○									
七律	送陳郎中重使西域（重宣）					○			○						
七律	北京八景－盧溝曉月						○								
七律	送陳郎中重使西域（曾驅）						○								

詩體	詩歌	皇明風雅	皇明詩抄	明音類選	古今詩刪	（續）國雅	明詩正聲（盧）	皇明詩統	明詩正聲（穆）	明詩選（華）	明詩選最	國朝名公	石倉	皇明詩選（陳）	明詩歸
七律	送道士歸桃源						○						○		
七律	春思							○					○		
七律	（秋日扈從獵龍山遊牛山）佛窟寺（和胡學士韻）							○					○		
七律	送僧還天台								○						
七律	中秋宴集												○		
七律	同襄城伯李公被命先還南京舟中奉簡												○		
七律	喜蕭時中狀元及第												○		
七律	遊崇眞萬壽宮因訪葛太常												○		
七律	六月十日讀平胡詔												○		
七律	螢												○		
七律	殿試罷												○		
七律	鶴骨笛												○		
七律	謁文丞相廟												○		
七律	扈從幸天壽山												○		
七律	同李允周司諫遊天界寺和鄒侍講韻												○		
七律	奉和胡祭酒雪竹之作												○		
七律	燭												○		
七律	胡祭酒宅飲蒲萄酒席上作												○		
七律	贈邊將												○		

詩體	詩　歌	皇明風雅	皇明詩抄	明音類選	古今詩刪	（續）國雅	明詩正聲（盧）	皇明詩統	明詩正聲（穆）	明詩選（華）	明詩選最	國朝名公	石倉	皇明詩選（陳）	明詩歸
七律	北京八景－瓊島春雲												○		
七律	北京八景－西山雪霽												○		
七律	江西八景－南浦飛雲												○		
七律	江西八景－徐亭煙樹												○		
七律	南昌古蹟十詠－灌嬰城												○		
七律	南昌古蹟十詠－繩金塔												○		
七律	南昌古蹟十詠－浴仙池												○		
七律	五月六日賜觀西湖												○		
七律	送胡直方下第南歸												○		
七律	正旦後送兵部尚書趙公還鎭												○		
七律	送兵部尚書陳公叔遠鎭交阯												○		
七律	禁中對雪												○		
七律	送羅貴赴南陽推官												○		
七律	己亥除夜作												○		
七律	江西八景－章江曉渡												○		
七律	南昌古蹟十詠－投書渚												○		
七律	南昌古蹟十詠－澹臺墓												○		
七律	南昌古蹟十詠－葛仙壇												○		

詩體	詩　　歌	皇明風雅	皇明詩抄	明音類選	古今詩刪	(續)國雅	明詩正聲(盧)	皇明詩統	明詩正聲(穆)	明詩選(華)	明詩選最	國朝名公	石倉	皇明詩選(陳)	明詩歸
七律	美安州知州劉孟雍借掌龍豁												○		
五絕	酒家												○		
五絕	湖上（儂家）												○		
七絕	即事					○									
七絕	薊門秋夕							○							
七絕	楊（揚）州東關和王脩撰時彥（韻）							○					○		
七絕	虞美人墓							○							
七絕	憶別												○		

十、李夢陽

詩體	詩　　歌	皇明風雅	皇明詩抄	明音類選	古今詩刪	國雅	明詩正聲(盧)	皇明詩統	明詩正聲(穆)	明詩選(華)	明詩選最	國朝名公	石倉	皇明詩選(陳)	明詩歸	
		19	32	95	63	42	88	43	123	21	21	16	414	117	16	
四古	湖吟行（魚游于）													○		陳・皇明詩選歸入古樂府

詩體	詩　　歌	皇明風雅	皇明詩抄	明音類選	古今詩刪	國雅	明詩正聲（盧）	皇明詩統	明詩正聲（穆）	明詩選（華）	明詩選最	國朝名公	石倉	皇明詩選（陳）	明詩歸	
四五雜言	襄樊樂（立檣）													○		陳・皇明詩選歸入古樂府
五古	雜詩（宛宛春田鳩）	○		○				○								
五古	雜詩（緜緜）	○														
五古	從軍行（棄家）	○				○		○	○			○				
五古	少年行（白馬）	○						○								
五古	雜詩（汎汎）	○				○										
五古	功德寺（宣宗）		○	○	○			○					○	○		
五古	乙丑除夕（追往憒五百字）（憶昔）		○	○									○			
五古	湘妃怨（采蘭）		○		○			○					○	○		
五古	雜詩（臨事）		○													
五古	李廣（李廣昔未遇）			○		○		○					○			
五古	豫章行（黃河）			○				○								
五古	雜詩（燁燁）			○					○				○			
五古	雜詩（匡山）			○												
五古	發京師（驅車）			○												
五古	發京師（蔦蘿）			○			○						○			
五古	贈徐禎卿（獨處）			○									○	○		
五古	申州贈何子（翩翩）			○			○									

詩體	詩　歌	皇明風雅	皇明詩抄	明音類選	古今詩刪	國雅	明詩正聲（盧）	皇明詩統	明詩正聲（穆）	明詩選（華）	明詩選最	國朝名公	石倉	皇明詩選（陳）	明詩歸	
五古	余懷百門山水尙矣頗有移家之志交春氣熙忻焉獨往述情遣抱四詠遂成示同好數子（魯連）			○									○			
五古	余懷百門山水尙矣頗有移家之志交春氣熙忻焉獨往述情遣抱四詠遂成示同好數子（浮海）			○									○			
五古	余懷百門山水尙矣頗有移家之志交春氣熙忻焉獨往述情遣抱四詠遂成示同好數子（閱圖）			○												
五古	余懷百門山水尙矣頗有移家之志交春氣熙忻焉獨往述情遣抱四詠遂成示同好數子（山客）			○												
五古	自大（太）過渡河趨陂沙岡（凌春）			○			○									
五古	湯武詠懷陳平張蒼遂及博浪之事（王璽）			○												
五古	雜詩（西國）			○					○					○		
五古	雜詩（倚閭）			○										○		
五古	與客問答（門有）			○				○								
五古	與客問答（長跪）			○			○	○								
五古	遊子篇（遊子在他鄉）			○				○		○	○					
五古	送蔡帥備眞州（颶丹（州）適長）				○									○		

詩體	詩　　歌	皇明風雅	皇明詩抄	明音類選	古今詩刪	國雅	明詩正聲（盧）	皇明詩統	明詩正聲（穆）	明詩選（華）	明詩選最	國朝名公	石倉	皇明詩選（陳）	明詩歸	
五古	赴懷玉山（始臨）				○		○						○			
五古	三忠祠（憶昔）				○		○									
五古	九潭（詩）（岧岧）				○		○						○			
五古	山中（山中雨）				○				○				○			
五古	贈魏子（霖潦）					○							○			
五古	雜詩（昔有）					○			○							
五古	從軍（從軍）					○										
五古	湘江吟（對酒歌）					○										
五古	俠客行（幽并）					○			○							
五古	述憤詩－弘治乙丑年四月（作是時）坐劾壽寧侯逮詔獄（帝居）						○						○	○		
五古	離憤（詩閹瑾知劾章出予手矯旨救詣詔獄）（結髮）						○								○	
五古	雜詩（灼灼）						○									
五古	雜詩（毀譽）						○									
五古	輳駒嘆　（世徑）						○		○							
五古	遊北門山水示同好數子（山客）						○									
五古	塞上雜詩（邊烽）						○									
五古	酬伊陽殷明府追憶見寄十四韻（弱齡）						○									

詩體	詩　　歌	皇明風雅	皇明詩抄	明音類選	古今詩刪	國雅	明詩正聲（盧）	皇明詩統	明詩正聲（穆）	明詩選（華）	明詩選最	國朝名公	石倉	皇明詩選（陳）	明詩歸	
五古	出塞曲（單于）						○		○				○			
五古	贈青石子（高鳥）						○						○			
五古	春曲（萋萋）							○						○		
五古	田園雜詩（野清）								○				○	○		
五古	田園雜詩（壯時）								○				○	○		
五古	雜詩（棁棖）								○							
五古	雜詩（明月）								○							
五古	雜詩（淒霜）								○							
五古	雜詩（茅以）								○							
五古	詠古鏡（熒熒）								○							
五古	呂仙祠（孤遊）								○				○			
五古	贈寗氏（白日）								○				○			
五古	長歌行贈房氏（捷步）								○							
五古	別李氏（逸禽）								○				○			
五古	贈梅國子（烈士）								○							
五古	衛上別王子（稅車）								○					○		
五古	寄題隴州閻氏林亭（出處）								○				○			
五古	憶昔行別閻侃（憶昔）								○							

詩體	詩歌	皇明風雅	皇明詩抄	明音類選	古今詩刪	國雅	明詩正聲（盧）	皇明詩統	明詩正聲（穆）	明詩選（華）	明詩選最	國朝名公	石倉	皇明詩選（陳）	明詩歸	
五古	田居左生偕二李見過（習宦）								○							
五古	七夕遇秦子詠贈（皎皎）								○				○			
五古	望湖亭（來登）								○							
五古	鏡光閣（我生）								○							
五古	艮嶽十六韻（城北）								○							
五古	田園雜詩（朝陽）								○				○			
五古	田園雜詩（大車）								○				○			
五古	田園雜詩（田居）								○				○			
五古	廬山秋夕（山鑿）								○				○			
五古	呂公洞（厓相（根）豁一門）								○				○			
五古	城南別業夏集（田居本自）									○	○					
五古	衛上別王子（晨風）									○	○		○	○		
五古	苦寒行（太行之）												○			
五古	歲暮夜懷寄友（梁客）												○			
五古	述憤詩－弘治乙丑年四月（作是時）坐劾壽寧侯逮詔獄（天門）												○	○		
五古	述憤詩－弘治乙丑年四月（作是時）坐劾壽寧侯逮詔獄（懸車）												○	○		

詩體	詩　　歌	皇明風雅	皇明詩抄	明音類選	古今詩刪	國雅	明詩正聲（盧）	皇明詩統	明詩正聲（穆）	明詩選（華）	明詩選最	國朝名公	石倉	皇明詩選（陳）	明詩歸	
五古	述憤詩－弘治乙丑年四月（作是時）坐劾壽寧侯逮詔獄（大化）												○	○		
五古	述憤詩－弘治乙丑年四月（作是時）坐劾壽寧侯逮詔獄（飄風）												○	○		
五古	述憤詩－弘治乙丑年四月（作是時）坐劾壽寧侯逮詔獄（苔井）												○	○		
五古	述憤詩－弘治乙丑年四月（作是時）坐劾壽寧侯逮詔獄（青青）												○	○		
五古	述憤詩－弘治乙丑年四月（作是時）坐劾壽寧侯逮詔獄（檐月）												○	○		
五古	述憤－（弘治乙丑年四月作是時坐）劾壽寧侯逮詔獄（作）（ 韜響久不作）												○		○	
五古	述憤－劾壽寧侯逮詔獄作（臣本草野士）												○		○	
五古	贈王舍人昇（迅風激高雲）												○			
五古	劉氏（矯矯雲中鵠）												○			
五古	劉氏（回車太行谷）												○			
五古	送姪木北上（群鴉競時食）												○			
五古	送谷氏（零雨晨微）												○			
五古	別李氏（前路）												○			

詩體	詩　歌	皇明風雅	皇明詩抄	明音類選	古今詩刪	國雅	明詩正聲（盧）	皇明詩統	明詩正聲（穆）	明詩選（華）	明詩選最	國朝名公	石倉	皇明詩選（陳）	明詩歸	
五古	贈寗氏（野菝）												○			
五古	述憤詩－弘治乙丑年四月（作是時）坐劾壽寧侯逮詔獄（孟夏）												○			
五古	述憤詩－弘治乙丑年四月（作是時）坐劾壽寧侯逮詔獄（夕雲）												○			
五古	述憤詩－弘治乙丑年四月（作是時）坐劾壽寧侯逮詔獄（湫宇）												○			
五古	述憤詩－弘治乙丑年四月（作是時）坐劾壽寧侯逮詔獄（皇矣）												○			
五古	述憤詩－弘治乙丑年四月（作是時）坐劾壽寧侯逮詔獄（明月）												○			
五古	述憤詩－弘治乙丑年四月（作是時）坐劾壽寧侯逮詔獄（鳴鑣）												○			
五古	赴江西之命初發大梁作（戚戚）												○			
五古	渡漢（好遊）												○			
五古	渡漢（萬事）												○			
五古	怨歌行（怨違情）												○			
五古	歲晏行（歲晏幽陰）												○			
五古	臥疾（寒飈）												○			

詩體	詩歌	皇明風雅	皇明詩抄	明音類選	古今詩刪	國雅	明詩正聲（盧）	皇明詩統	明詩正聲（穆）	明詩選（華）	明詩選最	國朝名公	石倉	皇明詩選（陳）	明詩歸	
五古	臥疾（眠疴）												○			
五古	至後上方寺酒集（久陰）												○			
五古	上巳海印寺（勞生苦）												○			
五古	春遊篇（東氣）												○			
五古	春遊篇（朝遊）												○			
五古	秋日重過上方寺（居閒）												○			
五古	月夜飲別徐氏（仲月）												○			
五古	行省樹下（中林）												○			
五古	贈張含（巳嚴蓬）												○			
五古	酬秦子百泉招（暑阻）												○			
五古	酬秦子百泉招（心展）												○			
五古	酬秦子百泉招（南滸）												○			
五古	酬秦子百泉招（周旋）												○			
五古	酬秦子百泉招（躡蹤）												○			
五古	將赴南邑借丘長公巾車（北遊）												○			
五古	贈鄭淳（路緜）												○			
五古	內弟玉園庄歸（適年）												○			
五古	熊御史卓墓感述（幽幽山）												○	○		

詩體	詩　歌	皇明風雅	皇明詩抄	明音類選	古今詩刪	國雅	明詩正聲（盧）	皇明詩統	明詩正聲（穆）	明詩選（華）	明詩選最	國朝名公	石倉	皇明詩選（陳）	明詩歸	
五古	徐子墓（晨興）												○	○		
五古	孺子墓夏謁（懷賢）												○			
五古	覽遊百泉乃遂登麓眺望（束髮）												○			
五古	覽遊百泉乃遂登麓眺望（發鞍）												○			
五古	德安趨潯陽（始征）												○			
五古	宿圓通寺（曉發）												○			
五古	臥龍潭（出遊）												○			
五古	白鹿洞徧覽名跡（情高）												○	○		
五古	始至白鹿洞（曠哉）												○			
五古	落星石（千江）												○			
五古	泛左蠡（辭山）												○			
五古	薛家樓宴（閒遊）												○			
五古	曲江亭閣（豐城縣）（纜舟）												○	○		
五古	武陽抵進賢（大宇）												○			
五古	廣獄成還南昌候了（一淹）												○			
五古	廣獄成還南昌候了（直木）												○			
五古	廣獄成還南昌候了（時至）												○	○		
五古	廣獄成還南昌候了（昔遊）												○			

詩體	詩　　歌	皇明風雅	皇明詩抄	明音類選	古今詩刪	國雅	明詩正聲（盧）	皇明詩統	明詩正聲（穆）	明詩選（華）	明詩選最	國朝名公	石倉	皇明詩選（陳）	明詩歸	
五古	香山寺（萬山）												○			
五古	平坡寺（西山）												○			
五古	天馬（天馬從西）												○			
五古	古意（有鳥）												○			
五古	遣興（金陵）												○			
五古	遣興（四海）												○			
五古	歲暮（軒坐）												○			
五古	十六夜（四海）												○			
五古	小至（日爲）												○			
五古	贈徐子（偃王）												○			
五古	與殷明府期嵩少諸山不果十四韻（旅寓）												○			
五古	田居左生偕二李見過（習宦）												○			
五古	田居左生偕二李見過（去官）												○			
五古	城南別業夏集（荷鋤）												○			
五古	十二月朔（積陰）												○			
五古	夏歌（積潦）												○			
五古	漳津夕眺（揚舲）												○	○		
五古	三日河上宴集（觴霽）												○			

詩體	詩歌	皇明風雅	皇明詩抄	明音類選	古今詩刪	國雅	明詩正聲（盧）	皇明詩統	明詩正聲（穆）	明詩選（華）	明詩選最	國朝名公	石倉	皇明詩選（陳）	明詩歸	
五古	詠樂溪（濯足）												○			
五古	遊寺（福心傳）												○			
五古	昇天行（市居）												○			
五古	春遊篇（古臺）												○			
五古	正德四年七夕上方寺作（逸人）												○			
五古	戊寅早春上方寺（適年）												○			
五古	夕集上方寺辛巳春（晨飈）												○			
五古	置薪（讀書）												○		○	
五古	登東城樓晚下樓作贈同遊數子（登高）												○			
五古	寄贈端溪子（歎鳳）												○			
五古	寄贈端溪子（智者）												○			
五古	贈蒼谷子（玄雲）												○			
五古	贈青石子（季秋）												○			
五古	贈魏子（八月）												○			
五古	寺遊別熊子（天地）												○			
五古	寺遊別熊子（夕風）												○			
五古	甲申中秋寄陽明子（風林）												○			
五古	初秋上方寺別程（勝地）												○			

詩體	詩　歌	皇明風雅	皇明詩抄	明音類選	古今詩刪	國雅	明詩正聲（盧）	皇明詩統	明詩正聲（穆）	明詩選（華）	明詩選最	國朝名公	石倉	皇明詩選（陳）	明詩歸	
五古	贈鄭生（杪秋）												○			
五古	贈鄭生（伊予（余））												○	○		
五古	寄程生（河日）												○			
五古	庄上晚歸車阻于潦渠徒步始達于岸（暮醉）												○			
五古	山夜（孤月）												○			
五古	秋詩（百卉）												○			
五古	秋詩（北風）												○			
五古	大堤曲（漢水）													○		陳・皇明詩選歸入古樂府
五古	史烈女（梨花如）													○		陳・皇明詩選歸入古樂府
五古	塘上行（蒲生何離離）													○		陳・皇明詩選歸入古樂府
五古	賦得古離別送龍湫子（盈盈）													○		
五古	又贈王舍人（徬徨）													○		
五古	又贈王舍人（勁翮）													○		
五古	又贈王舍人（雁征）													○		
五古	贈劉氏（晳晳吳中）													○		

詩體	詩　歌	皇明風雅	皇明詩抄	明音類選	古今詩刪	國雅	明詩正聲（盧）	皇明詩統	明詩正聲（穆）	明詩選（華）	明詩選最	國朝名公	石倉	皇明詩選（陳）	明詩歸	
五古	寄康脩撰海（少陰）													○		
五古	送張含還金齒（百憂）													○		
五古	廣獄成還南昌候了（夕棲）													○		
五古	雜詩（昔余曳）													○		
五古	雜詩（登山）													○		
五古	雜詩（昔余遊）													○		
五古	雜詩（黃塗）													○		
五古	雜詩（自聞）													○		
五古	祫祭頌述（嗚呼大聖人）													○		
五古	臘雪曲（日光）													○		
五古	贈程生之南海（生爲海南）													○		
五古	贈劉主事麟（濛濛孤）													○		
五古	述憤詩－弘治乙丑年四月坐劾壽寧侯逮詔獄（小草）													○		
五古	子夜四時歌（摘葉裏流螢）														○	
五古	犬詩（驚夜力不瞻）														○	
七古	郭公謠（赤雲）		○													
七古	自從行（自從）		○	○			○			○	○					

詩體	詩　　歌	皇明風雅	皇明詩抄	明音類選	古今詩刪	國雅	明詩正聲（盧）	皇明詩統	明詩正聲（穆）	明詩選（華）	明詩選最	國朝名公	石倉	皇明詩選（陳）	明詩歸	
七古	羈旅翁行（自焚）		○	○												
七古	士兵行（豫章）		○	○												
七古	豆莝行（昨當）		○	○												
七古	（奉）送大司馬劉公歸東山（草堂）歌（東山）		○	○			○						○	○		
七古	石將軍戰場歌（清風）		○	○			○	○		○	○		○			
七古	吳偉（畫）松窗讀易圖（歌）（反巖泉流石）		○						○							
七古	擬燕歌行（銀河）			○		○										
七古	饒歌曲－雷之奮			○												
七古	饒歌曲－鳳之升			○												
七古	饒歌曲－月如日			○												
七古	榆臺行（榆臺）			○												
七古	桂巖行（白龍）			○					○				○			
七古	苦哉行（從軍）			○				○								
七古	贈何舍人齎詔南紀諸鎮（先皇）			○												
七古	上元訪杜鍊行（師）（宣王昔時乘）			○									○	○		
七古	朝飲馬送陳子出塞（朝飲）			○			○		○							

詩體	詩　歌	皇明風雅	皇明詩抄	明音類選	古今詩刪	國雅	明詩正聲（盧）	皇明詩統	明詩正聲（穆）	明詩選（華）	明詩選最	國朝名公	石倉	皇明詩選（陳）	明詩歸	
七古	結交行贈李沔陽（古人）			○												
七古	鍾欽禮山水陣子歌（鍾生）			○												
七古	楊花篇（洛陽）			○	○	○	○	○	○				○	○		
七古	漢京篇（漢家（京）臨帝極複道）			○	○	○	○	○	○	○	○	○	○			
七古	廣州歌送羅參議（麗哉）			○												
七古	梁園歌（朝發）			○												
七古	寄張侍御（嚶其鳴）				○											
七古	君夷猶（登樓兮）					○										
七古	騁望（送佳人兮）					○										
七古	公無渡河（公無渡河河深不可）					○										
七古	雨讌（燕）醉歌（迅雷）					○			○			○	○			
七古	送李帥之雲中（黃風北）					○						○		○		
七古	寶刀篇（我有）					○	○		○				○			
七古	送仲副使赴陝西（驄馬）					○	○		○				○			
七古	龍州歌送沈編脩使安南（龍州）					○							○			
七古	哀才公（仲冬）					○										
七古	明星篇（明星）						○		○				○	○		
七古	去歸（婦）詞（孔雀）						○		○							

詩體	詩歌	皇明風雅	皇明詩抄	明音類選	古今詩刪	國雅	明詩正聲（盧）	皇明詩統	明詩正聲（穆）	明詩選（華）	明詩選最	國朝名公	石倉	皇明詩選（陳）	明詩歸	
七古	放蛇引（花蛇）								○							
七古	觀燈行（宋家）								○							
七古	薏苡行贈王氏（南征）								○							
七古	賦得姑蘇臺送李推官士允（少年）								○				○			
七古	洛陽道（桃花）												○			
七古	野田黃雀行（鶉奔）												○			
七古	結交行（昔時）												○			
七古	梁園雪歌（昔對）												○			
七古	酬錢水部錫山之招（無錫）												○			
七古	寄錢水部（我今在）												○			
七古	十六夜（唧唧）												○			
七古	戲作放歌寄別吳子（惟昔）												○			
七古	夜行歌（月輪）												○			
七古	古白楊行（百泉）												○	○		
七古	泉上雜歌（游子）												○			
七古	泉上雜歌（美人）												○			
七古	大梁城西門行（水門）												○			
七古	思歸引（疾風）												○			

詩體	詩　歌	皇明風雅	皇明詩抄	明音類選	古今詩刪	國雅	明詩正聲（盧）	皇明詩統	明詩正聲（穆）	明詩選（華）	明詩選最	國朝名公	石倉	皇明詩選（陳）	明詩歸	
七古	歸來行（天下）												○			
七古	解西行（都昌）												○			
七古	餘干行（荒濱）												○			
七古	襄陽歌（烈風）												○			
七古	襄陽歌（襄陽）												○			
七古	久雨柬黃子（微晴）												○			
七古	七峰歌壽范郎中淵（我聞桂）												○			
七古	送人還關中（君不見劉毅）												○			
七古	雪柬鄭生（夜來）												○			
七古	送鄭器（梁園）												○			
七古	寄鮑宇（愧我夷）												○			
七古	君不見贈鄭莊（君不見江上）												○			
七古	送鮑澂還歙（昔時）												○			
七古	送鮑相如金陵（去冬君）												○			
七古	馮御史允中書（鳳皇）												○			
七古	白鹿洞別諸生（東南）												○			
七古	寄鄭生歌（南康）												○			
七古	戲贈周紀善（廣文）												○			

詩體	詩　　歌	皇明風雅	皇明詩抄	明音類選	古今詩刪	國雅	明詩正聲（盧）	皇明詩統	明詩正聲（穆）	明詩選（華）	明詩選最	國朝名公	石倉	皇明詩選（陳）	明詩歸	
七古	潯陽寄毛君湖口（大江）												○			
七古	胡馬來再贈陳子（冬十二月）												○			
七古	贈鄭生（孤裘）												○			
七古	石峰子歌（石峰子昔）												○			
七古	乾陵歌（九重）												○			
七古	劉子有金陵之差遂便覲省（使君）												○	○		
七古	漢江歌送范子之桂陽（漢江）												○	○		
七古	題畫（雪城）												○			
七古	題畫搖筆成詩（去年得）												○			
七古	題畫山水送人還歙（黃山）												○			
七古	九江陸還南康望東林（匡廬）												○			
七古	七夕贈王昌程語（橘酒）												○			
七古	鈐山堂歌（先生）												○			
七古	擬烏生八九子（烏生八九子八九子）													○		陳・皇明詩選歸入古樂府
七古	君馬黃（君馬黃臣四驪）													○		陳・皇明詩選歸入古樂府
七古	內教場歌（雕弓豹）													○	○	陳・皇明詩選歸入古樂府

詩體	詩歌	皇明風雅	皇明詩抄	明音類選	古今詩刪	國雅	明詩正聲（盧）	皇明詩統	明詩正聲（穆）	明詩選（華）	明詩選最	國朝名公	石倉	皇明詩選（陳）	明詩歸	
七古	白紵詞（鐙繁）													○		陳・皇明詩選歸入古樂府
七古	白紵詞（五更）													○		陳・皇明詩選歸入古樂府
七古	雁門太守行（鴈門太守汝）													○		陳・皇明詩選歸入古樂府
七古	鳴雁行（鴻鵠）													○		陳・皇明詩選歸入古樂府
七古	雙燕篇（雙燕來）													○		陳・皇明詩選歸入古樂府
七古	送人使安南（安南陪臣）													○		
五律	郊壇値雪（鳳輦）	○			○		○						○			
五律	朱遷鎮（廟）（朱仙廟鎮）（萬里關山淚）（水店回岡抱）	○		○				○					○		○	
五律	朱遷鎮廟（朱仙廟鎮）（宋墓莽岑寂）	○			○		○							○	○	
五律	舟中病感（寒望）	○														
五律	聞蜩（野寺）	○														
五律	寄贈林都御史（右都御史林見素（公）致仕）（錦水）	○						○					○			
五律	寄贈林都御史（右都御史林（見素）公致仕）（諸葛）	○						○					○			

詩體	詩　歌	皇明風雅	皇明詩抄	明音類選	古今詩刪	國雅	明詩正聲（盧）	皇明詩統	明詩正聲（穆）	明詩選（華）	明詩選最	國朝名公	石倉	皇明詩選（陳）	明詩歸	
五律	上方寺鐘樓晚登（危閣）		○										○			
五律	題壁（客到）		○													
五律	郊觀齋居柬邊喬二太常（人日）			○				○								
五律	出塞（磧日）			○			○			○	○					
五律	憶何子（憶爾）			○												
五律	晚過序上人（塔日）			○												
五律	甥嘉北來出其謁逢干廟之作予爲和之嘉時謫茂州判（汝謁）			○			○									
五律	辛未元日（萬事）			○												
五律	哭張子（翰海）			○					○							
五律	古意（內廄）			○		○						○	○			
五律	賞遊（王者）			○												
五律	觀雪省中（省葉）			○												
五律	聞砧（逸響）			○												
五律	除架（炎時）			○												
五律	定居（故業）			○									○			
五律	下吏（十年）			○		○	○	○		○	○		○			
五律	獄夜雷電暴雨（一雨）			○	○		○	○	○							

詩體	詩　歌	皇明風雅	皇明詩抄	明音類選	古今詩刪	國雅	明詩正聲（盧）	皇明詩統	明詩正聲（穆）	明詩選（華）	明詩選最	國朝名公	石倉	皇明詩選（陳）	明詩歸	
五律	安仁聞夜哭（縹緲）			○				○								
五律	詠部鶴（寄跡）			○												
五律	白鴈（八月）			○				○								
五律	小鵲（簷際）			○												
五律	熊子河西使回（偶遇）			○				○								
五律	中秋南康（同是）			○	○		○							○		
五律	南康元夕（四海）			○				○								
五律	酬京師友人見寄（作）（浮雲）			○			○			○	○		○	○		
五律	聞吳郡黃山人將遊五嶽寄贈（昨報）			○		○							○			
五律	客散（尊傾）			○						○	○		○			
五律	大道觀會飲（敞閣）			○									○			
五律	河上秋興（白馬）				○		○						○	○		
五律	送人還關中（見君驅）				○									○		
五律	和鄭生行經鳳陽（浩蕩）				○		○							○		
五律	鄭生（至）自泰山（昨汝）				○		○		○							
五律	芝山（登望山）（吳楚）				○		○			○	○					
五律	銀山寺（銀山）				○		○									
五律	南湖（北山）				○		○									

詩體	詩　歌	皇明風雅	皇明詩抄	明音類選	古今詩刪	國雅	明詩正聲（盧）	皇明詩統	明詩正聲（穆）	明詩選（華）	明詩選最	國朝名公	石倉	皇明詩選（陳）	明詩歸	
五律	豐安（莊）（地氣）				○		○									
五律	五老峰（東南）				○		○						○			
五律	再送白帥（聖主）				○		○									
五律	九日上方寺（賞時）				○		○						○			
五律	折桂寺（折桂何朝）				○											
五律	團山登望（團山當縣）				○											
五律	明遠樓春望（貢院初開）				○											
五律	送秦子（梁國秋）				○											
五律	秋日王子臺上（暑霽）				○											
五律	晚過孟氏雷雨驟至王子亦來（孟嘉眞）				○											
五律	鄭生至自泰山（俯首）				○											
五律	已卯元夕（此夜門還）				○											
五律	九日上方寺（天地）				○											
五律	雨後朝望（半夜雷驅）				○											
五律	野風（山鳴野風）				○											
五律	河上秋興（日上秋林淨）				○											
五律	讀直道陳公祚遺事（上主）					○						○				
五律	上元滕閣燈宴（陽浦）					○	○									

詩體	詩　　歌	皇明風雅	皇明詩抄	明音類選	古今詩刪	國雅	明詩正聲（盧）	皇明詩統	明詩正聲（穆）	明詩選（華）	明詩選最	國朝名公	石倉	皇明詩選（陳）	明詩歸	
五律	寄錢水部榮（雪時揮）					○										
五律	游兵（聞道）					○										
五律	閒居寡營忽憶關塞之游（往年）					○										
五律	候輓（冬月）					○							○			
五律	中湖寺（龍象）						○									
五律	顧子謫全州贈之（舟過豫章贈）（楚城）						○						○			
五律	春日漫成（豪真）							○								
五律	送趙訓學滿歸（六旬）							○					○			
五律	野泊（遠電）								○				○	○		
五律	酬徐子春日登樓見寄（三月）								○					○		
五律	戊寅元夕（春色）								○							
五律	望極（望極）								○							
五律	繁臺歸興（臺榭）								○							
五律	庄上晚（曉）歸（萬動各有息）								○				○			
五律	深秋獨夜（獨夕）								○				○			
五律	河上秋興（後代）								○							
五律	閒居寡營忽憶關塞之游遂成（銀山）								○							
五律	江州雨（潯陽）								○							

詩體	詩　歌	皇明風雅	皇明詩抄	明音類選	古今詩刪	國雅	明詩正聲（盧）	皇明詩統	明詩正聲（穆）	明詩選（華）	明詩選最	國朝名公	石倉	皇明詩選（陳）	明詩歸	
五律	生日寫懷（臘日）								○							
五律	早春宴黃宅（歧路）								○							
五律	伏日載酒尋高司封讀書處（養寂）								○							
五律	送鄭生南歸（挂席）								○							
五律	贈陳生（白屋）								○							
五律	京口逢五嶽山人（夜雨）								○							
五律	聞鄭生死豐沛舟中（短劍）								○							
五律	嘲雪（怪爾）								○							
五律	詠庭中菊（亦隨）								○							
五律	小燕（小燕）								○							
五律	閒居寡營忽憶關塞之遊（遂成）（西崦）								○				○			
五律	丁亥寒食柬養素（細雨穠花）											○				
五律	喜程生自吳中回致五嶽山人問（爛熳）											○				
五律	喜程生自吳中回致五嶽山人問（黃子）											○				
五律	中秋庭會（老去）											○				
五律	與駱子敬遊山陂（日扇）											○				
五律	河上秋興（坐送）												○	○		
五律	臥病酬邊君天壇步月見懷之作（霽夕）												○			

詩體	詩　　歌	皇明風雅	皇明詩抄	明音類選	古今詩刪	國雅	明詩正聲（盧）	皇明詩統	明詩正聲（穆）	明詩選（華）	明詩選最	國朝名公	石倉	皇明詩選（陳）	明詩歸	
五律	峴山（大名終）												○			
五律	冬日仁和門外作（寂寞）												○			
五律	冬日仁和門外作（二塚）												○			
五律	韓文公祠（袁州）												○			
五律	至黃花（黃花）												○			
五律	出塞（胡蔓）												○			
五律	環縣道中（西人習）												○			
五律	詣別業（跼蹐）												○			
五律	中湖寺（陟巘）												○			
五律	南湖（中湖果）												○			
五律	發九江（已發南）												○			
五律	圓通寺阻雨（巖扉）												○			
五律	圓通寺阻雨聞石門磵橋斷水湧阻往東林（石門）												○			
五律	再至洞院（昔別）												○			
五律	龜峰（立壁）												○			
五律	泊安仁（官舟）												○			
五律	鉛山（山水）												○			
五律	市漢夜泊（此夜）												○			

詩體	詩　　歌	皇明風雅	皇明詩抄	明音類選	古今詩刪	國雅	明詩正聲（盧）	皇明詩統	明詩正聲（穆）	明詩選（華）	明詩選最	國朝名公	石倉	皇明詩選（陳）	明詩歸	
五律	豐城夜泊（夏至）												○			
五律	舟往臨江即事（直岸）												○			
五律	雨泊豐城（古岸）												○			
五律	自進賢趨撫州（炎域）												○			
五律	雲山渡（渡古）												○			
五律	玉峽驛夜泊（暑泊）												○			
五律	白沙驛（沙古）												○			
五律	宜春臺春望（古州）												○			
五律	澗富嶺赴安福（三月）												○			
五律	晚至鄔子驛（湖夜）												○			
五律	仙樓（仙樓忽）												○			
五律	謝岩秋日始集（百戰）												○			
五律	秋望（蝶戲）												○			
五律	古城春望（陰陰）												○			
五律	東陂秋汎（久說）												○			
五律	東陂秋汎（水寺）												○			
五律	與駱子遊三山陂（庫部）												○			
五律	與駱子遊三山陂（丘壑）												○			

詩體	詩　歌	皇明風雅	皇明詩抄	明音類選	古今詩删	國雅	明詩正聲（盧）	皇明詩統	明詩正聲（穆）	明詩選（華）	明詩選最	國朝名公	石倉	皇明詩選（陳）	明詩歸	
五律	上方寺鐘樓（臺上）												○			
五律	城南夏望和王相國（散步）												○			
五律	春日臺寺（寺僻）												○			
五律	繁臺餞客（萬里）												○	○		
五律	答伊陽殷明府見寄（古縣）												○			
五律	南陽宅訪徐禎卿（東閣）												○			
五律	張子抱疴避諠山寺闊別旬月作此懷寄（楚楚）												○			
五律	得何子過湖南消息（及遇）												○	○		
五律	秋雨訪李鍊師（便靜）												○			
五律	延慶觀訪陳州王君（珠閣）												○			
五律	徙泰公方丈秋夜（秋林）												○			
五律	發京呂狀元送出城（旭日）												○			
五律	答何子問訊（仲夏）												○			
五律	賢隱寺集贈（水落）												○			
五律	獨對亭贈人過訪（孤亭）												○			
五律	發貴溪高子輩舟送（旌旗）												○			
五律	與樾堂子晚步（有伴）												○			

詩體	詩　歌	皇明風雅	皇明詩抄	明音類選	古今詩刪	國雅	明詩正聲（盧）	皇明詩統	明詩正聲（穆）	明詩選（華）	明詩選最	國朝名公	石倉	皇明詩選（陳）	明詩歸	
五律	九日楚山太華君同登（不入襄）												○	○		
五律	帽臺書院（駐賞）												○			
五律	帽臺書院（興劇）												○			
五律	臺館訪李秀才濂（李生）												○			
五律	柬黃子（約隱）												○			
五律	酬唐禮部見寄（萬事）												○			
五律	酬唐禮部見寄（蹈虎）												○			
五律	送陳左使赴貴州（萬里）												○	○		
五律	送陳左使赴貴州（郡縣）												○			
五律	早秋監察許君見過（五柳）												○			
五律	寄王贛榆（自汝）												○			
五律	寄王子蘇州（獨立）												○			
五律	寄孟縣張明府（同年）												○			
五律	月夜柬張含（風餐）												○			
五律	繁臺送張內史侍母還蜀同毛袁監察（幸值）												○			
五律	洪法寺過鄉僧（爛熳）												○			
五律	送鄭淳入閩（江海）												○			

詩體	詩　歌	皇明風雅	皇明詩抄	明音類選	古今詩刪	國雅	明詩正聲（盧）	皇明詩統	明詩正聲（穆）	明詩選（華）	明詩選最	國朝名公	石倉	皇明詩選（陳）	明詩歸	
五律	送田生讀書上方寺（嗜靜）												○			
五律	月夜繁臺會兩監察（路葉）												○			
五律	送甥嘉之茂州次玉溪侍御韻（雪山）												○			
五律	郊居柬竹溪子（當春）												○			
五律	元日汴上雪霽（旭日）												○			
五律	九日薛樓會集（不倦）												○			
五律	清明曲江亭閣（寒食）												○			
五律	南康除夕（畏途）												○			
五律	乙亥立秋（今日）												○			
五律	中秋（漢江）												○			
五律	至日夜雪（至夜還）												○			
五律	乙酉上元上方寺（地愛）												○			
五律	丁亥立秋（火多）												○			
五律	登臨（屏迹）												○			
五律	登臨（春燕）												○			
五律	早春繁臺（泯泯）												○			
五律	早春南郊（正月）												○			
五律	獄夜（簷景）												○			

詩體	詩　　歌	皇明風雅	皇明詩抄	明音類選	古今詩刪	國雅	明詩正聲（盧）	皇明詩統	明詩正聲（穆）	明詩選（華）	明詩選最	國朝名公	石倉	皇明詩選（陳）	明詩歸	
五律	南征（暑行）												○			
五律	徐漢風阻雨雪（風急）												○			
五律	七夕宜城野泊逢立秋（漢江天）												○	○		
五律	繁臺歸集（萬里）												○			
五律	早春赴鮑相之飲（憐女）												○	○		
五律	早起莊上（為農）												○			
五律	河上秋興（古有蒹）												○			
五律	河上秋興（一為）												○			
五律	閒居寡營忽憶關塞之遊（孤蓬）												○			
五律	閒居寡營忽憶關塞之遊（春遊）												○			
五律	大道觀會飲（殿閣）												○			
五律	大道觀會飲（與客）												○			
五律	春宴（老為春）												○			
五律	丙戌中秋召客賞之以雨多不至者（隔年）												○			
五律	東園偶題（孤亭）												○			
五律	南莊塘水涨漫補治小舟乘興泛遶數迴（久懷）												○			

詩體	詩歌	皇明風雅	皇明詩抄	明音類選	古今詩刪	國雅	明詩正聲（盧）	皇明詩統	明詩正聲（穆）	明詩選（華）	明詩選最	國朝名公	石倉	皇明詩選（陳）	明詩歸	
五律	月槐之下與程生談亦念其夏游自去歲（月出）												○			
五律	春夜雪（獨客）												○			
五律	春雪時帝在宣府（雅鳴）												○			
五律	菊（日麗）												○			
五律	橋山（青宮）													○		
五律	清風河上寓樓獨酌（一自）													○		
五律	閒居寡營忽憶關塞之遊（牢落）													○		
五排	新秋值雨十韻（積雨）	○														
五排	華嶽（二十韻）（有嶽）		○	○					○				○			
五排	鄱陽湖（十六韻）（太祖）		○	○	○		○		○					○		
五排	哭徐博士（乾坤）			○			○									
五排	赦出館李眞人別業顧侍講清江編脩俊俊弟編脩偉許杜訪不至（開業）						○									
五排	冬至劉氏園庄卞韻（曖曖）								○							
五排	五月大雨省中八韻（五月行）												○			
五排	雪臺子家見杏花（九陌）												○			
六律	明山艸亭（爲王戶侍賦）（舊業）	○	○	○				○								

詩體	詩　　歌	皇明風雅	皇明詩抄	明音類選	古今詩刪	國雅	明詩正聲（盧）	皇明詩統	明詩正聲（穆）	明詩選（華）	明詩選最	國朝名公	石倉	皇明詩選（陳）	明詩歸	
七律	赴郊觀宿（城邊）	○					○						○	○		
七律	喜雨命酌（毒熱）	○														
七律	靈武臺（環縣）	○		○	○		○									
七律	詠餅中栢限韻（愛汝）		○													
七律	爲崔後渠韻蒸竹亭（崔家）		○													
七律	限韻贈黃子（禁垣（煙）春日紫）		○						○	○	○		○	○		
七律	再約陂泛屬風雨阻（自遊此）		○													
七律	朱仙鎮（水廟飛沙）		○				○		○						○	
七律	曉詣西壇候駕（萬宇）			○				○				○				
七律	秋懷（宣宗（皇））			○			○			○	○			○		
七律	小至（年年）			○												
七律	解官親友攜酒來看（嚴城）			○				○								
七律	送張訓導棄官爲母（蜀道）			○			○		○							
七律	寄華韶州（十年）			○												
七律	盤山道中（作）（磵道）			○				○								
七律	秋懷（慶陽）			○			○		○				○	○		
七律	雪後朝天宮（馬上）			○					○				○	○		
七律	杪夏江州急雨（急雨呑江倒）				○											

詩體	詩歌	皇明風雅	皇明詩抄	明音類選	古今詩刪	國雅	明詩正聲（盧）	皇明詩統	明詩正聲（穆）	明詩選（華）	明詩選最	國朝名公	石倉	皇明詩選（陳）	明詩歸	
七律	九日寄何仲默（舍人景明）（九日無朋花）				○		○									
七律	送毛監察還朝是時皇帝狩於河陽（楚生臨水）				○									○		
七律	送毛監察還朝是時皇帝狩於河陽（青天萬仞）				○											
七律	閻曹二子發京（和）姪（本與之同舟而下有詩紀之予亦和此篇）木同舟篇（共水同）				○				○				○	○		
七律	熊監察至自西河（河西喜而）有贈（當年五郡）				○									○		
七律	潼關（咸東）				○				○				○	○		
七律	臺寺夏日（古臺）				○		○		○							
七律	和毛監察登明遠樓之作（院鑽、鎖簾垂）				○		○									
七律	追舊（蒨）寄徐子（憶昔逢君雪）				○		○						○			
七律	桂殿（桂殿）					○	○					○	○	○		
七律	東庄藩司諸公見過（少年湖）					○										
七律	（酬）見素林公以詠懷（詩）（四章）見寄（觸事敘歌（答見素林公）輒成篇什）（青天）						○		○	○	○					

詩體	詩　歌	皇明風雅	皇明詩抄	明音類選	古今詩刪	國雅	明詩正聲（盧）	皇明詩統	明詩正聲（穆）	明詩選（華）	明詩選最	國朝名公	石倉	皇明詩選（陳）	明詩歸	
七律	出塞（黃河白草莽）						○						○	○		
七律	春望東何舍人（城南）						○									
七律	出塞（秋望）（黃河水遶漢宮）						○		○	○	○			○		
七律	秋懷（大同）						○		○				○			
七律	九月七日夜集（此夜）							○								
七律	秋懷（苑西）								○					○		
七律	秋懷（崑崙）								○							
七律	艮嶽篇（宋家）								○				○			
七律	遊上方寺晚登鐘樓（東北）								○							
七律	宿少林次韻（萬山）								○							
七律	贈鄭庚（文物）								○							
七律	見素林公以詠懷四章見寄觸事敘歌輒成篇什（買園）								○							
七律	新秋宣威後堂會張鮑二師晚過東圃作（戟府）								○							
七律	夏都諫勘鄴潞之戰惠見憶之作寄答一首（岧嶤）								○							
七律	無題戲（效）李義山體（曾倚）								○	○	○					

詩體	詩　歌	皇明風雅	皇明詩抄	明音類選	古今詩刪	國雅	明詩正聲（盧）	皇明詩統	明詩正聲（穆）	明詩選（華）	明詩選最	國朝名公	石倉	皇明詩選（陳）	明詩歸	
七律	楚望望襄（湘）中形勢（楚望）								○				○			
七律	題黃公東莊草堂（草色）											○	○			
七律	西壇候駕即事（太歲）												○			
七律	謁陵（本朝）												○	○		
七律	秋懷（龍池）												○			
七律	秋懷（胡奴）												○			
七律	秋懷（曾爲）												○			
七律	春晴憶湖上（湖上）												○			
七律	晚晴郊望（早時）												○			
七律	郊行（二月）												○			
七律	時景（梁苑）												○			
七律	探春（老去）												○			
七律	野園（春來）												○			
七律	冬歸繁臺別業漫興（莽壙）												○			
七律	雪後上方寺集（雪罷）												○			
七律	蒔植甫畢風雪遽至漫爾有作（草樹）												○			
七律	陶君詫其分司桃花獨樹余往觀之賦此（老懶）												○			

詩體	詩歌	皇明風雅	皇明詩抄	明音類選	古今詩刪	國雅	明詩正聲（盧）	皇明詩統	明詩正聲（穆）	明詩選（華）	明詩選最	國朝名公	石倉	皇明詩選（陳）	明詩歸	
七律	正月四日始出赴黃子之宴南隣何儀賓以美醪助杯即席口占（杜門）												○			
七律	陶王二君來賞牡丹（同城）												○			
七律	榆林城（旌干嫋）												○			
七律	出輝縣城望石門山其上有仙潭玉鯉（明星）												○			
七律	賢隱寺（谷寺）												○			
七律	開先寺（讀書）												○			
七律	瀑壑晚坐（醉踏）												○			
七律	龜峰寺（弋陽）												○			
七律	麻姑山（冒險）												○			
七律	題玄壇觀（江行）												○			
七律	少林寺（林深）												○			
七律	暑日過雪臺子園庄（蟬聲）												○			
七律	夏日過序公（炎天）												○			
七律	過馬陟次毛庶子韻（冉冉）												○			
七律	別徐子禎卿得江字（我愛）												○			
七律	送王照磨省覲（浮沙）												○			

詩體	詩歌	皇明風雅	皇明詩抄	明音類選	古今詩刪	國雅	明詩正聲（盧）	皇明詩統	明詩正聲（穆）	明詩選（華）	明詩選最	國朝名公	石倉	皇明詩選（陳）	明詩歸	
七律	喬太卿宇宅夜別（竹梧）												○	○		
七律	宿江氏（尋山）												○			
七律	滕閣訪屠子感贈（章門）												○			
七律	泰和南行羅通政舟送（開船）												○			
七律	仰頭遇友夜泊感贈（舟夜）												○			
七律	夏日赴監察許君之宴同張監察（霜府）												○			
七律	酬和許監察九日對菊之作（風簷）												○			
七律	酬和李子夏口遊天王寺見贈（玉皇）												○			
七律	正月二日臺卿李公監察毛公袁公枉駕而顧毛歸有作輒次其韻（君子）												○			
七律	再期王左史不至（地散）												○			
七律	河上茅齋成呈家兄（愚弟）												○			
七律	三司諸公久有蓮池之約會雨阻不赴乃移兵司東圃而飲以詩（西城）												○			
七律	上方寺會監司諸公（梁園）												○			
七律	有哀（漢陰）												○			
七律	九日衙齋對酒偶作（故鄉）												○			
七律	丙子生日答田生（當時）												○			

詩體	詩歌	皇明風雅	皇明詩抄	明音類選	古今詩刪	國雅	明詩正聲（盧）	皇明詩統	明詩正聲（穆）	明詩選（華）	明詩選最	國朝名公	石倉	皇明詩選（陳）	明詩歸	
七律	辛巳九日田子要東陂之遊雨弗克赴（昨來）												○			
七律	于少保廟（朱仙）												○			
七律	吹臺春日古懷（廢苑）												○			
七律	象山書院同友（曉岸）												○			
七排	送胡主事犒廣西軍（便道耒陽迎母）（七年）			○				○								
七排	五日蔡河廢津汎集（當年）								○							
五絕	圜扉中設舊船板爲寢榻偶題（船板床）（北板）	○							○							
五絕	晚出禁闥（楊柳）		○	○												
五絕	東華門偶述（銀甕）		○	○												
五絕	黃州（浩浩）		○													
五絕	開仙寺（瀑峽生煙暝）		○													
五絕	江行雜詩（迎送）		○					○								
五絕	送人（頗訝）		○					○	○							
五絕	宿蘇門（北風）			○												
五絕	贈何舍人（朝逢）			○			○									

詩體	詩　　歌	皇明風雅	皇明詩抄	明音類選	古今詩刪	國雅	明詩正聲（盧）	皇明詩統	明詩正聲（穆）	明詩選（華）	明詩選最	國朝名公	石倉	皇明詩選（陳）	明詩歸	
五絕	江行雜詩（日出）				○		○	○								
五絕	開元（先）寺（瀑布半天）				○		○			○	○					
五絕	結客少年場行（燈如）				○		○									
五絕	豔曲（父母）				○		○									
五絕	楊白花（三月）					○			○							
五絕	楊白花（寧唱）					○			○	○	○			○		
五絕	鶯曉（曉鶯）（睍睆夢中）					○								○	○	
五絕	寄詠徐學士園池（芳園）					○										
五絕	寄詠徐學士園池（洞口）					○										
五絕	寄詠徐學士園池（落英）					○										
五絕	聞笛（白日）								○							
五絕	正月見鴈（憶昨）								○							
五絕	龍沙見新月（每訝沙如月）								○							
五絕	大堤曲（臘月）												○			
五絕	春曲（春風度山）												○			
五絕	春曲（翩翩誰家）												○			
五絕	曙（城雲）												○			

詩體	詩　歌	皇明風雅	皇明詩抄	明音類選	古今詩刪	國雅	明詩正聲（盧）	皇明詩統	明詩正聲（穆）	明詩選（華）	明詩選最	國朝名公	石倉	皇明詩選（陳）	明詩歸	
五絕	野望（夕靜）												○			
五絕	石頭口竹飲（白日）												○			
五絕	白塔寺（遙訪）												○			
五絕	宿開先寺（僧閣）												○			
五絕	望龜峰（龜峰）												○			
五絕	贈客（出郭）												○			
五絕	諸公石頭口舟餞（北巡）												○			
五絕	潯陽寄耿參政致仕（連年）												○			
五絕	贈劉東（渭濱）												○			
五絕	詠鷺（獨立）												○			
七絕	春日漫興（西湖）	○														
七絕	送周判官（明（青）鐙綠酒五花裏）		○	○	○		○	○						○	○	
七絕	送王韜（王郎）		○	○				○						○		
七絕	新水至（時和）		○	○				○								
七絕	新水至（桃花）		○					○								
七絕	白苧曲（吳中）			○				○								
七絕	夏口夜泊別友人（黃鶴）			○		○	○	○	○			○		○	○	

詩體	詩歌	皇明風雅	皇明詩抄	明音類選	古今詩刪	國雅	明詩正聲（盧）	皇明詩統	明詩正聲（穆）	明詩選（華）	明詩選最	國朝名公	石倉	皇明詩選（陳）	明詩歸	
七絕	雲中曲（送人）（白登）				○	○	○							○		
七絕	登嘯臺（白日）				○		○		○					○		
七絕	歸途（覽）詠古（蹟並追記百泉遊事）（河濟）				○		○							○		
七絕	過王子（率爾）				○		○		○							
七絕	郊祀歌（壇官）				○		○									
七絕	贈黃州守（黃州）				○		○									
七絕	贈李沔（陽）（雲夢）				○		○									
七絕	塞上（天設）				○		○									
七絕	春日漫（謾）興（十日）				○		○									
七絕	雲中曲（送人）（季冬）					○	○									
七絕	雲中曲（送人）（黑帽）					○								○		
七絕	送人之南都（鼓刀）					○								○		
七絕	白鼻騧（羽箭）						○		○							
七絕	雲中曲（城上）						○									
七絕	東園遣興（百花）							○								
七絕	聖節聞駕出塞（千官）								○					○		

詩體	詩歌	皇明風雅	皇明詩抄	明音類選	古今詩刪	國雅	明詩正聲（盧）	皇明詩統	明詩正聲（穆）	明詩選（華）	明詩選最	國朝名公	石倉	皇明詩選（陳）	明詩歸	
七絕	絕句（將軍）								○					○		
七絕	別達生（醉約）								○							
七絕	贈鮑澂兄弟（水學）								○							
七絕	贈劉君按察雲南（碧雞）								○							
七絕	贈劉君按察雲南（揚子）								○							
七絕	歸途覽詠古蹟（臯臯）								○							
七絕	舟次石頭口（窗開）								○							
七絕	夏日閣宴（地曠）								○							
七絕	城南塘汎舟（短短）								○							
七絕	諸將（聞說）								○							
七絕	春日漫興（東門）								○							
七絕	漁父（應手）								○							
七絕	送王呈貢（貴之邑）赴縣（二月）								○				○			
七絕	憶昔（北望）									○	○					
七絕	汴中元夕（花燭）									○	○					
七絕	汴中元夕（中山）									○	○			○		
七絕	皇陵歌（皇陵）												○			

詩體	詩歌	皇明風雅	皇明詩抄	明音類選	古今詩刪	國雅	明詩正聲（盧）	皇明詩統	明詩正聲（穆）	明詩選（華）	明詩選最	國朝名公	石倉	皇明詩選（陳）	明詩歸	
七絕	送友人（王孫）												○			
七絕	送人入蜀（錦江）												○			
七絕	寄謝卿（擲笏）												○			
七絕	暮春余庄（暇即）												○			
七絕	正德元年郊祀歌（壇官）													○		
七絕	別李生（華也南）													○		
七絕	贈陳氏（萬龍）													○		
七絕	春遊曲（大道）													○	○	
七絕	登臺（梁孝臺前白杏）														○	
七絕	夷門十月歌（小麥青青）														○	
五律	春日（爲客）											○				誤入李攀龍詩
五排	聞河南捷呈閣內諸公（近得）						○									誤入何景明詩
五排	秉衡在獄感懷有作（朋儔）						○									誤入何景明詩
七絕	題趙仲穆挾彈圖（東風）								○							誤入李東陽詩